Die Kuh ist ein einsames Tier

David Albahari

Die Kuh ist ein einsames Tier.

Kurze Geschichten und dauerhafte Wahrheiten über Liebe, Traurigkeit und den ganzen Rest.

Aus dem Serbischen übertragen von Mirjana und Klaus Wittmann

eichborn

Die Herausgabe dieses Werks wurde gefördert durch TRADUKI, ein literarisches Netzwerk, dem das Bundesministerium für europäische und internationale Angelegenheiten der Republik Österreich, das Auswärtige Amt der Bundesrepublik Deutschland, die Schweizer Kulturstiftung Pro Helvetia, KulturKontakt Austria, das Goethe-Institut, die Slowenische Buchagentur JAK und die S. Fischer Stiftung angehören.

traduki

Der Verlag dankt Andreas Breitenstein und der NZZ
für die gute Zusammenarbeit.

1. Auflage 2011

Umschlaggestaltung: Christina Hucke
Lektorat: Doris Engelke
Ausstattung, Typografie, Satz: Cosima Schneider
Druck und Bindung: CPI – Clausen & Bosse, Leck
ISBN 978-3-8218-6153-1

Eichborn Verlag, Kaiserstraße 66, 60329 Frankfurt am Main
Mehr Informationen zu Büchern und Hörbüchern aus dem Eichborn Verlag
finden Sie unter www.eichborn.de

Der Leser

Der Leser, der sich an einer Stelle im Buch verliert, findet sich, allerdings verändert, an einer anderen wieder. Er betrachtet sich lange in einem kleinen Spiegel, betastet den Schnurrbart, den er früher nicht hatte, streicht über das schulterlange Haar. Keine Frage, auch jetzt, außerhalb des Buches, fühlt er sich wohl. Das Buch liegt aufgeschlagen auf dem Tisch. Der Leser geht hin und klappt es zu. Als er dann wieder in den Spiegel schaut, sieht er darin nichts.

Vlada Ristić, der Apotheker

hatte Träume, die sich in nichts von der Wirklichkeit unterschieden. In ihnen gab es nicht jene unerwarteten Wendungen des Irrationalen, kam es nicht zu den üblichen Metamorphosen des Realen, man begegnete nicht der Vieldeutigkeit der Symbole. Es war – so könnte man es wohl am treffendsten beschreiben –, als hörte das Wachsein nie auf, als währte es immer fort, als würde Vlada Ristić, der Apotheker, sich lediglich erinnern, aber nicht deuten, nicht erklären. Wie lange sollte das so weitergehen? Vlada Ristić, der Apotheker, wusste es nicht. Mit der Zeit vermochte er nicht mehr zu erkennen, wann er schlief und wann er wach war. Er machte die Augen auf und sank in Schlaf.

Autobiographie

In halben Spiegeln sehen Sie nur den unteren Teil Ihres Körpers.

Der Augenblick

Aber wenn Sie sich entscheiden, ist es schon zu spät.
Sie nehmen sich vor, nächstes Mal schneller zu sein, wissen aber nicht, wann das nächste Mal ist.
Sie beschließen, alles zu vergessen.
Wie jedoch stellt man fest, dass man etwas vergessen hat?

Einsamkeit

Manchmal, beim Gehen, begleiten einen viele Tiere.

Der Ton

Auf die Ellenbogen gestützt, versucht der Mann im Bett noch einmal den Ton zu hören, von dem er sicher ist, dass er ihn gerade gehört hat. Die Frau neben ihm wird unruhig, versucht ihn an sich heranzuziehen, berührt – oho – sogar seinen Penis, streichelt seine Schenkel. Den Ton, sagt der Mann, hast du diesen Ton gehört?

Das Ratespiel

Meine Frau versteckt beide Hände hinter ihrem Rücken, und ich soll raten, in welcher sie etwas für mich hat. Ich tippe auf die linke, sie streckt mir die Faust entgegen, öffnet sie, zeigt die leere Hand. Ich tippe auf die rechte. Sie streckt mir die Faust entgegen, öffnet sie, aber auch diese Hand ist leer. Meine Frau ist verlegen. Sie dreht die Hände um, schaut um sich, hebt die Füße. Gerade war es noch da, sagt sie, und jetzt kann ich es nicht mehr finden.

Der Berg

Vom Gipfel aus erblicken wir auf einem Pfad am Fuß des Berges einen Mann. Wir haben zwei Stunden bis hier oben gebraucht, weil Nelas Fuß etwas wehtat und Vesna wie immer müde war. Er schafft es bestimmt schneller. Wir breiten eine Plastiktischdecke auf dem Rasen aus, holen Brote und Äpfel aus den Rucksäcken. Wir trinken Blaubeersaft. Als der Mann dann erscheint, ist er älter, als wir dachten. Und nicht außer Atem.

Der Schaffner

Ein Mann und eine Frau sitzen in einem Schnellzugabteil. Sie kennen sich nicht. Beim Hereinkommen hatten sie einige höfliche Sätze gewechselt, das war alles. Dann setzte sich die Frau an das Fenster rechts von der Tür, der Mann auf den Platz ihr gegenüber. Die Frau nahm ein Buch aus ihrer Tasche und begann zu lesen. Der Mann schaute aus dem Fenster. Die Frau hält noch immer das Buch in den Händen, aber sie liest nicht. Sie schläft. Auch der Mann schaut nicht mehr aus dem Fenster. Er sieht jetzt auf die Knie der Frau, die, je mehr der Schlaf sie überwältigt und ihr Körper in den Rhythmus des Schaukelns fällt, immer weiter auseinandergleiten, sodass er zunächst die Schenkel sieht, dann den Rand der Strümpfe und schließlich, ja, so ist es, ihren weißen Schlüpfer. Er bückt sich, um alles genauer zu sehen, da erscheint plötzlich der Schaffner an der Abteiltür. Der Mann setzt seine Bewegung fort, als wolle er etwas vom Boden aufheben, nimmt in der Tat wer weiß wessen Zigarettenkippe auf und wirft sie in den Aschenbecher unter dem Fenster. Der Schaffner entwertet zuerst den Fahrschein des Mannes, danach berührt er leicht die Schulter der Frau. Da bemerkt er ihre gespreizten Knie und den hochgerutschten Rock, sieht zu dem Mann rüber, zwinkert ihm zu und berührt sie noch einmal.

Walser

Robert Walser meint, Unterhaltung ermüde, sage ich. Noch nie hat mich eine Unterhaltung müde gemacht, sagt meine Frau und wiederholt: Noch nie. Die Abwägung der Worte, lese ich, das Ermessen ihrer Wirkung, verlernt eher der Redende als der Schweigsame. Willst du damit sagen, richtet sich meine Frau plötzlich auf, dass ich beim Reden nur Worte vergeude? Das ist nicht meine, sondern Walsers Meinung, antworte ich, ich habe nichts gesagt. Wenn du sprichst, fährt meine Frau fort, sind deine Worte honigsüß wie diese Stille jetzt, und wenn ich rede, sind das wohl Flügelschläge ins Leere, oder? Herrlich ist des Einsamen geistige Freiheit, sage ich, das ist wieder Walser. Gut, erwidert meine Frau, soll Walser dir ein einsames Abendessen zubereiten. Später, während ich in der Küche eine Scheibe Brot dünn mit Margarine bestrichen esse, beginne ich die bedrückende Versuchung der Einsamkeit zu begreifen.

Der Angeklagte

Der Angeklagte erklärte, er bereue, obwohl er wisse, dass diese Reue das Urteil des Gerichts nicht mildern würde. Allerdings bereue er, sagte er weiter, seiner selbst wegen und nicht wegen des Gerichts, deshalb drücke er seine Reue auf diese Weise aus, obwohl er wisse, dass dies die Richter nicht im Geringsten beeinflussen werde, weil sie ihrer Überzeugung treu bleiben würden gemäß dem Eid, den sie an dem Tag geleistet hätten, als man sie zu Richtern ernannt habe. Wenn sie nach Hause kommen, sich umziehen, ihre geliebten Pantoffeln finden und sich in einen Sessel niederlassen, dann können sie anders denken, dann kann sogar ihr Auge feucht werden, aber nicht hier im Gerichtssaal, hier gehört meine Reue, sagte der Angeklagte, nur mir allein und, wie ich hoffe, Margareta Vukov, deretwegen ich mich hier befinde. Der Angeklagte sagte weiter, er habe schon bei den ersten Hieben Reue verspürt, sei aber dann deswegen auf sich wütend geworden und habe weiter zugeschlagen, doch mit jedem Schlag sei auch seine Reue gewachsen, was wiederum zu noch größerem Zorn und zu noch heftigeren Schlägen geführt habe, die ihrerseits natürlich noch mehr Reue hervorgerufen hätten, und so, sagte er, wechselten sich Zorn und Reue ab, bis schließlich, was man ihm vielleicht nicht abnehmen werde, die Reue überwog. Margareta Vukov habe schon zusammengekauert auf dem Boden gelegen, sagte der Angeklagte, und er habe sie mit Fußtritten traktiert, aber als er zum vierten Mal ansetzte, und zwar mit dem linken Fuß, verspürte er, wie die Reue sich seiner vollends bemächtigte, sein Fuß wollte sich nicht mehr rühren, er fiel auf die Knie, begann ihr blutiges Gesicht zu küssen, legte sich sogar neben sie auf die Erde, umarmte sie und sagte immer wieder, er bereue es, das habe er mindestens fünfzehn Mal wiederholt, aber sie habe ihn nicht gehört. Deswegen hoffe er, sagte der Angeklagte, sie höre ihn jetzt, und nur darum gehe es ihm, dem habe er nichts mehr hinzuzufügen, denn wie bereits gesagt, die Reue gehöre nur ihm allein, und er wisse, dass er damit niemanden beeinflussen werde, am wenigsten die Richter. Zumindest nicht hier, sagte er, und setzte sich.

Der Himmel

Als Jakov Baruh starb, geriet der Himmel in Bewegung. Es war Nacht, und schlagartig veränderte sich die Anordnung der Sterne, als wäre das Himmelszelt eine riesige Projektion, die jemand, wer weiß wie, durch eine andere ersetzt hatte. Der Schneider sagte, er habe es auch gesehen, und die Schmuckkerze in seinem Schaufenster habe von selbst zu brennen begonnen. Der Schmied habe gleich danach, nach der Bewegung des Himmels, das Klingen des Ambosses vernommen, obwohl niemand in der Werkstatt war. Der Briefträger wurde plötzlich aus dem Schlaf gerissen und sah, dass seine Finger mit Siegelwachs verklebt waren. Der Dichter, der sich gerade ins Bett legen wollte, fand auf dem Kopfkissen ein Blatt Papier, auf das von unbekannter Hand ein Gedicht geschrieben war. Nur Matilda, Jakovs Witwe, hatte nichts bemerkt. Sie wurde erst wach, als die Sonnenstrahlen durchs Fenster hereindrangen, spürte Jakovs kalte Hand und wusste, noch bevor sie seinen offenen Mund sah, dass er tot war. Das genügte ihr. Vom Himmel wusste sie ohnehin nichts.

Der Aufseher

Niemand kann das Muster finden. Schubladen werden aufgezogen, Gegenstände auf den Tischen hin und her geschoben, Papierkörbe geleert. Der Schichtaufseher brüllt aus der Ecke: Wenn sich das Muster nicht findet, werdet ihr alle entlassen! Endlich, als die Hoffnung schon zu schwinden beginnt, entdeckt man das Muster auf dem Regal, dort, wo es immer steht. Alle werden laut, man hört Jubel und Applaus, sogar der Aufseher lächelt. Später, als wir vor dem Gebäude Bier trinken, fragt man ihn, ob er wirklich vorgehabt habe, uns alle zu entlassen. Ausnahmslos alle, sagt der Aufseher und lächelt wieder. Da schlägt ihm Sava, der neben ihm steht, so heftig die Bierflasche auf den Kopf, dass der Aufseher, ohne seine Überraschung zu verbergen, wie gefällt zu Boden stürzt. Dort unten zuckt er mit den Beinen und stöhnt, aber keiner achtet auf ihn.

Achtsamkeit

Ich bin immer achtsam. Ich achte immer darauf, wohin ich etwas lege, ich berücksichtige das Verhältnis der Farben zueinander, das Größenverhältnis, übersehe nicht die Harmonie der Zweckmäßigkeit, den zwangsläufigen Kontrast. Bei mir liegt zum Beispiel die Gabel immer neben dem Messer, nie das Messer neben der Gabel. Und im Teller wähle ich die Erbsen nach ihrer Größe aus, forme den Reis zu gleich großen Bällchen. Nur bei der Suppe habe ich Schwierigkeiten; die Nudeln neigen zum Chaos; die Flüssigkeit ist unstet, die Eieinlage zerfällt. Mit den Klößchen komme ich schon besser zurecht: Sie schwimmen an der Oberfläche, sind beständig. Ähnlichkeiten und Unterschiede springen gleich ins Auge. Nun, eigentlich wollte ich das sagen: Ich bin den kleinen Dingen dankbar, die das Leben einfacher machen.

Die ungeschriebene Erzählung

Von allen Erzählungen, die ich nicht geschrieben habe, mag ich am liebsten die, in der ein Junge und ein Mädchen auf einer Parkbank sitzen, sich an den Händen halten und schweigen. Nichts anderes geschah in dieser Erzählung; alles lag in der Vollkommenheit der Stille. Ich als Schriftsteller musste mich auf die Beschreibung dieser Vollkommenheit konzentrieren, besser gesagt auf die vollkommene Beschreibung der Vollkommenheit, denn jede andere wäre ihrer nicht würdig gewesen. Diese Stille enthielt alles, die Vergangenheit der beiden, ihre Zukunft, die Zeit der Einschränkung, die Zeit des Überflusses, die Wärme des gemeinsamen Kopfkissens, die schwere Geburt, die Trennungen und die Versöhnungen und die langsame Entfremdung und das Haus am Rande der Stadt, wo die Dunkelheit tiefer war, und die Blumen im Beet unter dem Fenster und den Strick, mit dem der junge Mann sich erhängte, als der Krieg ausbrach, und ihre Tränen, die Nägel, mit denen sie sich das Gesicht zerkratzte, und die Worte, die zaghaften und bangen, mit denen sie versuchte, dem Kind zu erklären, was sie selbst nicht verstand: die Stille, die der Anfang ist von allem. Das Kind sieht sie an und schweigt.

Die Folge

Der Mann, der jahrelang Angst hatte, sein linker Arm würde gelähmt, und der eines Tages einen Schlaganfall bekam, wodurch sein linker Arm tatsächlich gelähmt blieb, kommt seitdem nicht von dem Gedanken los, dass ihm das nur deswegen zustieß, weil er sich jahrelang vorstellte, es würde ihm eines Tages zustoßen.

Die Krankenschwester

Ich wache früh auf und betrachte die aufgehende Sonne: eine richtige rosafingrige Morgenröte. Ich würde gerne so an das aufgerichtete Kopfkissen gelehnt verharren, bis die Sonne hinter dem oberen Fensterrahmen verschwindet, aber bald kommt die Krankenschwester, auf dem Tablett in ihren Händen klirren das Fieberthermometer, die Spritze und ein Plastikbecher voller verschiedenfarbiger Pillen, und der Gedanke daran macht jedes Entzücken zunichte. Käme wenigstens jeden Morgen dieselbe Krankenschwester, wäre es mir leichter, aber nein, jeden Morgen kommt eine andere, jedes Mal muss ich Fragen beantworten, auf die ich schon tausendmal geantwortet habe. Dabei läuft alles immer auf dasselbe hinaus: Man dreht mich auf die Seite, setzt mir eine Spritze in die Pobacke, und ich schreie wie am Spieß, sodass die Krankenschwester Hals über Kopf aus dem Zimmer flüchtet und die Tür hinter sich zuschlägt, selbst wenn sie dabei den Alkohol verschüttet, selbst wenn sie vergisst, den kleinen Becher mit den Tabletten dazulassen. Ich werde erst still, wenn das Klappern ihrer Clogs im Korridor verstummt, aber dann ist es schon zu spät: Die Sonne steht hoch am Himmel, aus der Morgenröte ist Tag geworden, und im Fensterrahmen ist keine einzige Wolke zu sehen.

Der Telefonhörer

Mit dem Telefonhörer in der Hand bin ich ein anderer Mensch. Ohne ihn fühle ich mich nackt. Wenn ich in den Hörer spreche, kann ich alles: verführen, verkaufen, überzeugen, diktieren. Ohne ihn stolpert meine Zunge, ich stottere, die Worte, vor allem die längeren, schaffen es nicht bis zum Ende. Wenn ich den Hörer zwischen die linke Schulter und das linke Ohr klemme und den rechten Zeigefinger über die Wählscheibe halte, so als wolle ich gerade jemanden anrufen, nähern die Menschen sich mir mit Ehrfurcht, sie schweigen, bis ich sie anspreche. Ohne den Hörer bemerken sie mich gar nicht oder sie poltern schon los, ehe sie an den Schalter treten. Wenn ich den Telefonhörer nahe an das Ohr und den Mund halte, spüre ich Kraft in den Fingerspitzen. Ohne ihn bin ich eine Null. Kein Wunder also, dass ich ständig darüber nachdenke, wie ich ihn immer und überall bei mir haben könnte. Ich dachte zum Beispiel schon daran, ihn an den Hut zu hängen; ihn auf der Schulter zu tragen, so wie es die Bauern mit der Sichel tun; ihn in die Innentasche meiner Jacke, gleich neben dem Herzen, zu stecken; ihn in der Hand zu halten wie den Griff eines unsichtbaren Koffers. Von all dem fand ich den Hut am verlockendsten, aber ich habe nie einen Hut getragen, ich besitze auch keine Kappe, benutze nicht einmal im Winter die übliche Pudelmütze. Es bleibt mir also nichts anderes übrig, als barhäuptig, den Hals nach links, zur hochgezogenen linken Schulter geneigt, zu gehen und zu horchen, wie eine Stimme aus der Leere zu mir spricht.

Die Nacht

Niemand hörte es, als das Fenster aufsprang, nicht einmal die Katze. Erst später, als die Möbel in der kühlen nächtlichen Luft zu knacken begannen, wurden sie wach, zuerst die Katze, dann die Frau und am Ende der Mann. Eigentlich wurde er wach, als die Frau schon das Fenster schloss und er ihr Gesicht im Mondschein erblickte. Da kam die Katze zu ihm, setzte sich neben sein Gesicht auf das Kopfkissen und begann zu schnurren. Die Frau stand noch eine Weile am Fenster – während sie es zumachte, hörte sie einen Nachtvogel schreien und dachte, sie würde ihn, wenn sie sich nicht rührte, noch einmal hören – aber da nichts geschah, ging sie wieder ins Bett. Der Mann schlief schon, ausgestreckt auf dem Rücken. Als die Frau die Decke hochhob, schlüpfte die Katze darunter, wartete, bis die Frau sich hingelegt hatte, rollte sich an ihren Füßen zusammen, und so schliefen sie ein, zuerst die Katze, dann die Frau. Niemand erinnerte sich am nächsten Morgen an diesen Vorfall, nicht einmal die Katze.

Das Schicksal

Dana glaubte unerschütterlich an das I Ging. Filip trennte sich nicht einmal nachts von seinen Tarotkarten. Milica las die Zukunft aus getrockneten Bohnen. Vedrana rührte sich nicht von der Stelle, bis ihr Patiencespiel aufging. Gojko verfolgte die Bewegung der Planeten und vertraute auf das Horoskop. Neda drehte immer wieder die Mokkatasse um und guckte in den getrockneten Kaffeesatz. Milenko begnügte sich mit den Prophezeiungen von Nostradamus. Andja rief die Hellseher in Fernsehsendungen an. Boris betrat nie Gebäude, Büroräume und Busse, die eine durch sieben teilbare Nummer hatten. Ljubica war der Ansicht, dass alles in der Hand geschrieben steht. Saša verhielt sich ausschließlich so, wie die Traumbücher es ihr vorschrieben. Marko legte jeden Abend das *Tibetanische Totenbuch* unter sein Kopfkissen. Sandra überließ alles dem Zufall.

Mein Vater im Schwimmbecken

Äußerst vorsichtig tritt mein Vater an das Schwimmbecken. Es sieht aus, als wolle er springen, stattdessen bückt er sich, setzt sich und streckt die Füße ins Wasser. Erst wenn er sich an die Temperatur gewöhnt hat, taucht er mit dem ganzen Körper in das Becken und beginnt zu schwimmen, ungeschickt, mit steifem Nacken, voller Angst, ein Wassertropfen könne auf sein Haar spritzen. So schwimmt, genauer, so paddelt er zum gegenüberliegenden Rand und kommt nach einer Verschnaufpause zurück. Er wiederholt das noch einmal, dann schwimmt er zu der Metalltreppe und steigt aus dem Wasser. Während er zum Sonnenschirm geht, quellen aus seiner Badehose kleine Bäche und rinnen in Schlangenlinien an seinen Knien und Waden herunter bis zu den Füßen. Mein Vater reibt sich jedoch mit einem Handtuch die Haare, obwohl diese ganz trocken sind, wirft es sodann über die Schulter und versinkt im Liegestuhl. Im spärlichen Schatten des Sonnenschirms fällt seine bleiche Haut noch mehr auf als im Schwimmbecken, wo sie wie Fischschuppen leuchtete.

Die Freundschaft

Mladen trank gern, Dejan kiffte lieber, aber dennoch war ihre Freundschaft von Dauer. Mladen hörte schwere, metallische Rockmusik, Dejan ausschließlich Reggae, und abends spielten sie abwechselnd Metallica und Gregory Isaacs, Aerosmith und Peter Tosh. Das taten sie meist in Dejans Wohnung, weil Mladen immer noch bei seinen Eltern wohnte. Manchmal fanden sich da auch Mädchen ein, dann hörten sie Musik nach deren Wahl, wenn es aber keine Sonderwünsche gab, spielten sie das Dreifachalbum von The Clash. Darin – da waren sie sich einig – konnten beide finden, was immer sie wollten. Und wenn es vorkam, dass nur ein Mädchen da war und die Dinge den gewünschten Lauf nahmen, ließ Dejan immer Mladen den Vortritt, und Mladen hatte dafür nichts dagegen, währenddessen Bob Marley zu hören.

Der Abend

Als der Hund anschlug, zuckte der Mann zusammen und ließ beinahe das Buch fallen, das er gerade las. Ein Vogel flatterte von einem Ast direkt in den Himmel, und die Uhr auf dem Kirchturm schlug sieben Mal. Der Mann bückte sich und streichelte dem Hund über den Kopf; der Hund leckte ihm die Hand. Etwas später setzte sich auf den Baum eine Elster.

Der Satz

Wieder, ja schon wieder einer dieser Sätze, die kommen, wann sie wollen, ohne Rücksicht auf andere Wörter, die geduldig darauf warten, dass sie an der Reihe sind, und noch weniger auf die, die sich im Mund stauen, die ohnehin keine Wörter mehr sind, allenfalls Töne, Blasen, die wie aus dunklen Meerestiefen an Land gezogene Fische zerplatzen – so oder ähnlich beschrieb sie ein Dichter –, was bedeutet, dass richtig allein die Wörter sind, die nicht ausgesprochen werden, wie eben diese hier, die ich schweigend aufschreibe in der Hoffnung, dass sie genauso schweigend gelesen werden, also in der Stille, obwohl auch Stille nur ein Wort ist, ein Wort, das unzählige Male wiederholt wird, jedes Wort, jedes beliebige Wort ist Stille, nur dass ich jetzt nicht darüber reden beziehungsweise schreiben kann, denn der Satz kommt schon, er ist bereits da, bald werde ich ihn ganz überblicken, so dahingestreckt vom Anfang bis zum Schlusspunkt.

Der Unterschied

Es ist bekannt, wie Herr Keuner reagierte, als ihm jemand, der ihn schon seit Längerem nicht gesehen hatte, sagte, er habe sich gar nicht verändert. Oh, sagte Herr Keuner und wurde blass. Aber als man dasselbe Sava Dimič sagte, presste dieser die Lippen zusammen und errötete.

Die Macht des Liedes

Wenn sie die Stunde des Todes nahen spürten, sangen indianische Krieger das Lied des Todes, mit dem sie sich von der Mutter Erde verabschiedeten und dem Vater Himmel ihr Kommen ankündigten. Irgendwo wurde festgehalten, dass im Jahre 1643 holländische Einwanderer in Neuamsterdam, dem heutigen New York, einen Indianer gefangen nahmen und folterten. Die ganze Zeit sang er das Lied des Todes: während sie ihn skalpierten, während sie ihm die Haut abzogen und während sie ihn entmannten. Er verstummte erst, als die Soldaten ihm den Schädel zertrümmerten und das Hirn verschütteten.

Der Junge

Der Junge versucht noch einmal, sich die ganze Welt vorzustellen. Er sitzt am Küchentisch und betrachtet die Glaskugel hoch über sich, in der eine Glühbirne brennt. Jenseits des Fensters ist Nacht. Durch diese kosmische Dunkelheit, denkt der Junge, dreht sich langsam die Erde. Auf dem Teller: eine Schnitte Brot, eine dünne Scheibe Schinken, ein Dreieck Schmelzkäse. Bald wird die Mutter in die Küche kommen und sich Sorgen machen, weil er noch nichts angerührt hat. Der Junge nimmt das Messer, schmiert den Käse aufs Brot. Ob sich die Erde jetzt schneller dreht, fragt er sich, ob seine Bewegungen ihr Auftrieb verleihen? Er würgt alles hastig herunter, steht dann auf und beginnt mit den Armen zu rudern. In dem Augenblick öffnet die Mutter die Tür. Schaut euch unseren Jungen an, sagt sie, er meint, er sei ein Vogel. Der Junge lächelt. Er ist, davon weiß sie nichts, der Kosmos.

Das Dienstmädchen

Als sich Herr Danilo erhängte, sagte das Dienstmädchen, behaupteten alle, sie hätten damit gerechnet, obwohl, sagte das Dienstmädchen, als sich Herr Danilo zu Beginn des Abendessens geräuspert und angekündigt habe, sich bestimmt einmal zu erhängen, alle aufgeschrieen hätten, er erzähle Unsinn, er würde es nie tun, sie würden das nie zulassen, und seine Tochter sagte sogar: Der Blitz schlägt nie in die Brennnesseln, worauf alle gelacht hätten, sagte das Dienstmädchen, allein Herr Danilo sei ernst geblieben und habe den Kopf geschüttelt wie einer, der nicht glauben kann, dass ihm niemand glaubt, sagte das Dienstmädchen, aber danach sei keine Rede mehr vom Aufhängen gewesen, bis alle nach dem Abendessen in den Salon übergewechselt seien und begonnen hätten, Karten zu spielen, und gerade als ich mit dem Mokka hineinkam, sagte das Dienstmädchen, fragte jemand, wo Herr Danilo geblieben sei. Dort, sagte ich, er hängt im Bad.

Ansichtskarten

Vater ging oft auf Reisen. Aus jedem Ort, den er besuchte, schickte er uns eine Ansichtskarte. Auf jede schrieb er denselben Text – fünf Sätze und seine verschnörkelte Unterschrift –, aber wir lasen ihn jedes Mal, als wäre er für uns ganz neu. Schließlich hatte zum Beispiel der zweite Satz, »Das ist eine schöne Stadt« verschiedene Bedeutungen auf der Ansichtskarte aus Wien und aus Madrid, während der fünfte Satz, »Ich kann kaum erwarten, euch wiederzusehen«, auf der Ansichtskarte aus Moskau einleuchtete, auf der aus Venedig jedoch sehr unglaubwürdig klang. Das Gleiche konnte man vom ersten Satz sagen, »Ich sitze im Hotelzimmer«, der – ganz gewiss jedes Mal in einem anderen Raum geschrieben – nie derselbe sein konnte, so wie der mit dem dritten Satz, »Bis zum Anbruch der Dunkelheit will ich spazieren gehen«, angekündigte Spaziergang jedes Mal durch neue Straßen führte. Der vierte Satz jedoch, »In der Stille werden die Worte schwer, das Herz lodert wie ein trockener Tannenzapfen«, machte uns ratlos; kein Bild vermochte dabei zu helfen. Wir wussten nämlich nicht, ob sich die Stille von Ort zu Ort verändert und ob jedes Feuer gleich ist, wo auch immer es lodert, aber Vater, als wir ihn fragten, wollte dazu nichts sagen.

Der Sprung

Sie sitzt lange auf der Parkbank, dann bückt sie sich plötzlich, zieht die Turnschuhe und die weißen Socken aus, überquert den Fußweg und tritt auf den Rasen. Nur ein, zwei Schritte, weiter geht sie nicht. Das Gras streichelt ihre Fesseln, ihre Füße sind kühl und feucht. Sie zieht die Zehen ein und streckt sie wieder. Ihre Knie wippen leicht, die Schenkel spannen sich. Die junge Frau hebt die Arme über den Kopf, legt die Hände zusammen wie eine Schwimmerin am Rand des Wasserbeckens. Spring, denke ich, während ich ihr zusehe, spring doch!

Verwirrung

Aber wenn es stimmt, was hier geschrieben steht, sagt Jelena, dass Gott nach der Erschaffung der Welt das ursprüngliche Licht weggenommen und es an einen sicheren Ort gebracht hat, was soll dann dieses Licht sein, das auf uns scheint? Und ist das überhaupt Licht oder nur die Kehrseite der Dunkelheit? Etwas weiter steht zwar, Gott habe dies getan, um den Sündern auf der Erde die Schönheiten der Welt vorzuenthalten und sie für die Gerechten aufzubewahren. Sind wir nun alle Sünder, trotz des Augenlichts Blinde – oder aber Gerechte, die nicht wissen, was Schönheit ist?

Die Überwindung des Entsetzens

Der Passagier lugt durch das Bullauge seiner Kabine: Seiner Schätzung nach müsste das Schiff jeden Augenblick anlegen. Man sieht jedoch nirgends das Ufer, nirgends die Spur von einem Hafen. Vielleicht kann das Schiff aus irgendeinem Grund nicht in den Hafen einlaufen, vielleicht kommen Boote und bringen die Passagiere an Land? Aber was, wenn niemand kommt, wenn er für immer hier bleiben muss? Er spürt, wie seine Knie zittern, wie sich unsägliches Entsetzen seiner bemächtigt, und er muss sich auf die Kante des harten Bettes setzen. Er lauscht, wagt nicht zu atmen, schaut sich um, als erwarte er, dass jemand ihn etwas fragt. Niemand fragt ihn, und so legt er sich bald auf die Seite, schiebt die Hand unter die Wange und schläft ein.

Der Stein

Das kleine Mädchen nähert sich dem auf den Bürgersteig gemalten Hickelkasten, greift in die Tasche ihres Kleids und betastet das glatt geschliffene Stück Dachziegel. Vor dem netzartigen Hickelkasten gibt ihr dieses Steinchen Sicherheit. Ohne den Wurfstein, meint sie, würde sie nie aus diesem Labyrinth herausfinden: Sie würde das erste Quadrat betreten und nicht wissen, wie sie von dort weiter kommt. Das Mädchen wendet der Zeichnung den Rücken zu, nimmt den Wurfstein, legt ihn an die Lippen und haucht drei Mal darauf. Dann wirft sie ihn über die linke Schulter. Als sie sich zum Hickelkasten umdreht, ist der Stein nicht mehr da.

Die Nachbarin

Mitten in der Nacht klopft jemand an unsere Wohnungstür. Mutter steht auf, geht barfuß in die Diele, knipst das Licht an, schaut durch den Spion, macht dann die Wohnungstür auf und lässt die Nachbarin herein. Die Nachbarin, in einem weißen Nachthemd und mit Herrenpantoffeln an den Füßen, flüstert, ihr Mann sei betrunken nach Hause gekommen, und sie sei geflüchtet, denn dieses Mal, dessen sei sie sich sicher, habe sie Böses in seinen Augen gesehen. Meine Schwester und ich schweigen, atmen kaum. Aus der Wohnung nebenan erreicht uns lautes Singen, danach das Klirren von zerbrechendem Glas. Mutter umarmt die Nachbarin, zieht deren Kopf an ihre Schulter. Meine Schwester sagt: Mir ist zum Weinen zumute. Ohne die Nachbarin aus den Armen zu lassen, dreht Mutter sich zu uns um. Dass ich morgen nicht von einem von euch höre, sagt sie, er könne nicht rechtzeitig für die Schule aufstehen. Sie macht das Licht aus und die Dielentür zu.

Die Schönheit

Als sich Miomirka Janković am Dienstag um sechs Uhr nachmittags in Zemun beim Schälen von Orangen für den Obstsalat mit dem Messer in die Fingerkuppe schnitt, aufstöhnte und die purpurnen Blutstropfen betrachtete, konnte sie nicht wissen, dass sich im gleichen Augenblick, aber am anderen Ende der Welt, in Buenos Aires, wo derselbe Tag erst begann, die vor kurzem aus Ungarn gekommene Vilma Mesaroš, während sie einen Knopf an ihre Spitzenbluse nähte, mit der Nadel in den Finger stach, aufstöhnte und den purpurnen Blutstropfen betrachtete, wobei sie dachte, noch nie etwas so Schönes gesehen zu haben, nicht ahnend, dass dasselbe auch Miomirka Janković dachte, während sie in der Schublade des Küchentischs nach einem Pflaster suchte, das Vilma Mesaroš, die Jüngere und Flinkere, schon, obwohl völlig unnötig, auf ihren Finger geklebt hatte.

Daraus kann man keine Erzählung machen

Für Vladan Živojnov

Du spürst nichts. Du weißt nur, dass du spürst. Erkennst genau die Bewegung. Sagst zu dir selbst: Jetzt kommt es, jetzt. Und dann, nicht später, kommt es wirklich. Du atmest wieder ein und spürst erneut, wie die Kristalle klirren. Daraus, denkst du, könnte man eine Erzählung machen. Du glaubst immer noch, dass man Erzählungen macht, dass sie nicht von selbst kommen. Jetzt ist es hinter der Stirn und drückt auf die Augenlider. Alles, was dir geblieben ist, ist die Sprache, aber auch sie wird bald dahinschwinden. Dann wirst du stumm, was du – wie du stumm akzeptierst – eigentlich sein wolltest. Aber nein, es ist noch nicht fertig, jetzt ist es im Bauch! So befreiend kann manchmal das Ausrufezeichen sein. Es ist eigentlich ein wahres Wunder, dass sich die Hand noch immer nicht weigert, den Stift zu halten. Oder sind es die Finger? Aber der Stift ist gut, es ist ein guter Stift. Du atmest nicht mehr ein. Du weißt nur, dass du spürst. Manchmal genügt auch das. Wie zum Beispiel jetzt, während die Klänge aus einer großen Entfernung kommen und die Worte sich wie Fischmäuler öffnen. Dann beginnt der Stift zwischen den Fingern über das Papier zu gleiten, und nichts hindert dich mehr, ihm zu folgen. Es bleibt nur noch zu sagen: Nein, daraus kann man keine Erzählung machen.

Wasser

»Die Liebe ist wie Wasser«, sagt er. »Man kann die Finger der hohlen Hand noch so fest aneinanderpressen, es rinnt einem davon.« Wir betrachten alle unsere Hände, verzweifeln, als auch der letzte Tropfen auf die Erde fällt, auf das trockene Gras. Einer meint, dicke Menschen seien im Vorteil oder zumindest die mit fleischigen Fingern, da es zwischen diesen keine Lücken gebe. Er hebt die Hand, um uns zu zeigen, wie krumm seine Finger sind; er sagt, so sehr er sich auch bemühe, sie bildeten nie einen begrenzten Raum. So sagt er: »begrenzten Raum«. Seine Hand, gegen den Himmel gerichtet, ist durchsichtig und flattert wie eine Fahne. Man merkt deutlich, dass es bald Nacht wird. Wir werden uns in unsere Schlafsäcke einrollen und träumen, dass all dies nicht wahr ist. Jemand wiederholt das laut, Wort für Wort. Jetzt ist es nicht mehr derselbe Satz. Als ich die Berührung an meiner Schulter spüre, drehe ich mich jäh um.

Das Ende der Kindheit

Allein im Zimmer, merkt der Junge, dass ihn die Wörter verlassen. Manche sieht er sogar in der Dunkelheit aufleuchten, drei von ihnen, dessen ist er sich ganz sicher, sind durch den goldenen Spalt unter der geschlossenen Tür hinausgeflogen. Im Zimmer ist es dunkel, im Korridor brennt Licht, die Holzrollläden an den Fenstern sind halb heruntergelassen. Die Stille meldet sich mit erlesenen Lauten: dem samtenen Tappen der Hundepfoten, den flatternden Bewegungen der Tauben, den Pfiffen in der Ferne. Der Schalter an der Lampe ist ein Stück Eis. Der Junge hebt die Hand und berührt seine Stirn: das Gelenk knackt leicht. Im gleichen Augenblick erblüht das letzte Wort wie eine Rakete. Und weg ist es. Mit dem Daumen der anderen Hand betastet der Junge den Bund seines Schlafanzugs. Geheimnisvoll ist die Geschmeidigkeit des Gummibands, weise die Symmetrie der Knöpfe. Das sind nicht die Worte des Jungen. Sein ist das Schweigen. Sein ist die kurze Hose auf dem Stuhl, sein sind die Sandalen unter dem Bett, die Muscheln in der Schachtel, die seidenen Fetzen. Das dumpfe Pochen, das ihn aus einer Zimmerecke zu erreichen scheint und von dem er lange annahm, es sei die Stimme eines verborgenen Freundes, vielleicht eines Zwergs, kommt eigentlich von seinem Herzen. Kein Freund, keine Annäherung, nur die schreckliche Trennung vom eigenen Puls, die vergebliche Suche nach der Quelle des Widerhalls. Jetzt weiß er das. Alt wie ein Fels. Solange er träumt.

Die Kuh ist ein einsames Tier

Für Mirjana Božin

Zum ersten Mal schreibe ich – und zwar mit der Hand – auf so kleine Blätter. Ich denke an Katzen. Wir hatten bisher drei Hunde: An den ersten kann ich mich nicht erinnern, aber etwas sagt mir, dass er ein weißes Fell hatte; den zweiten nannten wir Džeki und merkten erst später, dass er ein Weibchen war; die dritte war Luci: Ihr Tod ging mir tagelang nach. So wie der Tod schleicht sich die Einsamkeit heran: auf schmiegsamen Katzenpfoten. Die ganze Welt ist in der Stille eingefangen. Manch einer atmet nicht, manch einer sieht nicht, manch einer lehnt an der Kredenz, manch ein anderer wiederholt für sich die Liste der Tagesbefehle. Jene Bewegung des Uhukopfes, jene Drehung, um geradeaus zu sehen! Nie habe ich einen Walfisch beobachtet. Einmal, in Dečani, glitt eine gemusterte Schlange träge vor uns über einen Waldweg. Die Hundeschnauze auf der Handfläche, warm, ergeben, das leichte Kitzeln dort, wo die Haarspitzen die Haut berühren. Da gibt es keine Erzählung, mein Lieber, da gibt es auch keine Hoffnung. Wer auch nur einen Augenblick die Süße der Stille erfahren hat, kehrt immer wieder zu ihr zurück. Auf der Zunge: wie Honig, wie der Bauch der Biene. Ich erinnere mich, in Tiberias mitten in der Nacht der Kopf eines Schweins an meinem Hals. Drogen sind die Habe der Pflanzen; die Tiere sind wie die Menschen nur Drogenabhängige: Sie können nichts für sich schaffen. Gemeinsam mit den Tieren essen wir die Welt auf. Ich glaube, Tiere lieben mich. Im Keller habe ich schon ein Dutzend Generationen von Katzen aufgezogen. Die meisten erkennen mich nicht wieder. So erfährt man die Brüchigkeit der Welt. So wartet man auf den Winter, um für die Spatzen und die Tauben Brotkrümel auf den Balkon zu streuen. Fische verstehe ich nicht, die werde ich nie verstehen. Delfine sind ohnehin Säugetiere.

Die Schönheit des Satzes

»Wenn du mit ihm gehst, sollst du ihm ganz gehören.« Der Schönheit dieses Satzes kann nichts genommen werden. Ich drehe mich um und sehe am Tisch hinter dem meinen zwei junge Männer. Der dunkelhaarige mit einem Ring am linken Ohr hat den Kopf an die Schulter des blonden, kräftigeren jungen Mannes gelehnt, der die Augen geschlossen hält. Vielleicht atmet er auch gar nicht. Nein, nichts kann der Schönheit dieses Satzes genommen werden, gleich wem ich ihn zuschreibe. Und damit, mit der Zuteilung der Worte, beginnt die Erzählung sich zu verzweigen. Der Dunkelhaarige zum Beispiel, falls er es war, denkt vielleicht über den Augenblick nach, da er zum ersten Mal dieselbe Schulter berührte, jetzt: ein Eisblock, von dem er sich unumkehrbar entfernt (mit Zähneklappern, mit Zähneklappern!). Der Blonde, ich glaube, es waren seine Worte, verbirgt nicht die Tränen, die unter den noch immer geschlossenen, zittrigen Lidern hervorquellen; er atmet jedoch gleichzeitig tief, als stünde er auf einer Berglichtung, irgendwo in der Höhe, wo jedermann meint, den Fuß in die Luft setzen zu können. An dieser Stelle könnte auch meine Frau in die Erzählung eintreten (sie hat uns doch allen schon ein bisschen gefehlt, nicht wahr?). Für sie ist der Ohrring natürlich ein Zeichen von schlechtem Geschmack. Sie lässt keine Zwischenbemerkung zu. »Geheime Bruderschaften«, sagt sie, »gibt es nur in Büchern von Svetislav Basara.« In dieser Erzählung tritt sie mich ganz und gar unzärtlich unter dem Tisch, danach zupft sie an meinem

Ärmel. »Ich begehre dich«, sagt sie, »hier und jetzt.« Sie pocht mit dem Zeigefinger auf den Tisch. Ich drehe mich wieder um. Das Licht hat sich verändert, aber die jungen Männer haben sich nicht gerührt. Es sei denn, die Schatten trügen mich, vor allem jene auf ihren Gesichtern. »Wenn du mit ihm gehst, sollst du ihm ganz gehören.« Nichts kann der Schönheit dieses Satzes etwas nehmen, am wenigstens eine Erzählung. Eine echte Erzählung ist die Abwesenheit der Erzählung. Nur das.

Die Eule

In den letzten Tagen geriet alles in Bewegung: Zuerst packten wir die Tragetaschen, danach die Koffer, dann die Kisten mit dem Geschirr, dann die Bücherkartons. Als stecke das ganze Leben in den Büchern, sagte jemand. Wir holten Bettlaken und deckten damit den Tisch und die Stühle, den Sessel, das Nachtkästchen zu. Gib acht, wo du hintrittst, sagten sie immer wieder. Die Enden der Bettlaken fielen auf den Boden, und als wir die Teppiche eingerollt und mit einem Klebeband befestigt hatten, kam das Parkett zum Vorschein und begann seine Ordnung zu verlieren. Was sind Worte?, fragte eine Stimme aus der Küche. An den Wänden zeigten sich blassere Rechtecke, der Staub lugte aus seinen Verstecken, dort, wo der Gummibaum stand, hatte die Feuchtigkeit einen dünnen Kreis gebildet, die Stellen, die oft angepackt wurden, glänzten vor Fett, ein verlorener Knopf zog den Faden nach sich. Ich meine, ich müsse flüstern, sagte jemand. Dann ließen wir die Rollläden runter: An manchen mussten wir zerren, sie klemmten von der Sonne; einer blieb auf halbem Weg stecken, er war verbogen; durch dieses Fenster sah man einen Baum; auf dem Baum saß ein Vogel. Die Stimmen entfernten sich, die Klänge verzogen sich in die Ecken, der Raum wuchs und schrumpfte zugleich. Dann meinten alle, jemand schritte über unseren Köpfen, dort!, dort! Sie hoben die Finger und ließen sie wieder sinken: auf die Lippen oder in die Taschen. Jeder Schritt führte in eine neue Richtung: auf die Abdrücke der Absätze traten die Spitzen der Schuhe.

Wenn jemand seufzte, konnte man diesen Seufzer verfolgen. Wir wischten den Spiegel in der Küche ab, glätteten die Handtücher. Am Mittag konnten wir uns nicht genug über das viele Licht wundern; am Spätnachmittag kam die Dunkelheit; am Morgen konnte man nichts mehr verändern. Hinter der offenen Tür wohnten Gräser, schüttelte sich gelegentlich die Birke, die Rosen verloren ihre Blütenblätter. Wir standen im Türrahmen und gaben uns die Hände. So schaut einen eine Eule an, sagte jemand. Ja, und du willst nicht bleiben, aber auch nicht weggehen.

Nicht aufgeschrieben

Die einzig richtigen Erzählungen sind die, die nicht aufgeschrieben werden. Das Mädchen zum Beispiel, das eines Nachts aufwacht und ein Geräusch hört, das einmal, vor langer Zeit, wovon sie nichts weiß, ihre Mutter geweckt hat. Der Mann, der in gebückter Haltung ein Blatt beobachtet, das zwischen zwei Grashalme gleitet und schließlich die Erde berührt. Ein anderer Mann, der sich bemüht, schattige Gestalten am Horizont besser zu sehen, sich dann abwendet, überzeugt, alles sei nur das Spiel der Luft und der Ausdünstung, der müden Augen und der vergeblichen Hoffnung. Die Frau auf den Eisenbahnschienen, genauer auf einer Schiene, auf der sie zu gehen versucht, das Gleichgewicht durch Rudern der Arme haltend und geschützt von dem Gedanken, dass niemand sie beobachtet. Der Junge, der von einem Baum zum anderen läuft. Ein Blatt Papier, vom Wind getragen. Tannennadeln tief im Wald, von keinem Lichtstrahl gestreift, Flimmern von Schatten. Die Tür, die jedes Mal, wenn sie man sie öffnet, hofft, nie mehr geschlossen zu sein. Aber was wissen wir wirklich von der Hoffnung der Tür, von dem einsamen Gleichgewicht der Frau, von den Schatten am Horizont, von dem Jungen, der sein Gesicht an die Rinde der Eiche legt? Und wo kommt jetzt die Eiche her? Die Erzählung, die wir uns wünschen, darf sich nicht sträuben, darf sich nicht von einem Wort zum anderen verändern; die Erzählung, die wir uns wünschen, muss unterwürfig sein, sich der Ordnung der Dinge fügen, die Worte wählen, die das ausdrücken, was wir zu hören wünschen. Die Fäden, die uns mit der Wirklichkeit verbinden, sind so dünn, so brüchig, sagen wir, dass wir einfach keine Zeit haben, ihre Geduld auf die Probe zu stellen. Übrigens, sagen wir, wenn die Welt nicht uns gehört, wem denn? Doch nicht den Schatten, die über die Rundungen der Kieselsteine kriechen? Und kann diese Erzählung, wenn sie nicht von uns spricht, überhaupt sprechen? Und die Beharrlichkeit, mit der jemand, wir wüssten gern, wer, die Wörter anhäuft, um der Stille zu huldigen. Warum verstummt der denn nicht?

Das Warten

Jelka hört den Wecker, macht die Augen aber nicht auf. Traumschwaden wabern noch immer hinter ihren Lidern, und wenn sie sich nicht bewegt, gelingt es ihr vielleicht, in den Schlaf zurückzufinden. Doch es wird immer heller, ihre Wimpern beginnen zu zucken, schließlich streckt sie die Hand aus, tastet auf dem Nachtkästchen herum, findet den Wecker und drückt auf den Knopf. Zunächst herrscht Stille in der Wohnung, dann knistert etwas in der Wand, hört man den Kühlschrank summen, die Spatzen unter dem Dach hektisch tschilpen, einen Automotor aufheulen, ein Kind laut jauchzen. Jelka schlägt die Augen auf. Die Rollos sind nur halb heruntergelassen, das Licht durchflutet schon das ganze Zimmer. Nirgends gibt es den grünlichen Halbschatten, den Jelka gelegentlich, insbesondere am Sonntagmorgen, genießt. Einmal, denkt sich Jelka, stehe ich nicht auf, rühre ich mich nicht vom Fleck, sage kein Wort, bleibe einfach liegen und versinke in Träumen. Sie schiebt die Hand unter das Nachthemd und kratzt sich am Bauch. Sie legt den Zeigefinger in ihren Nabel. Wenn ich die Füße nicht bald auf die Erde bekomme, denkt Jelka, ist es für alles zu spät. Sie zieht die Hand hervor und schnuppert daran. Sie riecht nichts. Dann hebt sie die andere Hand, hält sie in die Höhe und bereitet sich auf das Warten vor.

Die Hocke

Von hier, von dieser Höhe aus scheint es, als versuche der Mann zu schwimmen, obwohl er eigentlich steht und nur mit den Armen um sich schlägt, mehr nicht. Vielleicht wehrt er Bienen ab, sagt Jadranka, denn seine Bewegungen sind nicht rhythmisch, sie erinnern vielmehr an willkürliches Umherschlagen, sie wirbeln durch die Luft, halten plötzlich inne und schlagen dann eine unerwartete Richtung ein. Simon ist jedoch gegen die Bienen. Kein Mensch, umgeben von einem Bienenschwarm, würde stehen bleiben, er würde vielmehr die Flucht ergreifen, rennen, so schnell ihn die Füße tragen. Jadranka bleibt bei ihrer These von den Stichen, fragt ihn, was er von Mücken halte. Da sagt Jakov, dass auf dem Hügel nicht weit von dem Mann eine Katze hocke, die wolle er wahrscheinlich anlocken. Nein, sagt Simon und schirmt mit der Hand die Sonne ab, um besser zu sehen, das ist keine Katze, das ist ein Hund. Jakov bleibt dabei und beschreibt sogar deren Schwanz. Wäre das eine Katze, sagt Simon, würde der Mann sie nicht herbeiwinken wollen, Katzen kommen ohnehin von allein, einem Hund hingegen muss man, wie einem Menschen, alles erklären. Der Mann rudert noch immer mit den Armen, wenn auch langsamer, macht sogar zwei, drei Schritte vorwärts und dann zurück, wie jemand, der sich nicht entscheiden kann. Plötzlich blickt er nach oben, und wir gehen alle schnell in die Hocke, obwohl wir wissen, dass er uns unmöglich sehen kann.

Die Feder

Als Milan Krstić am Donnerstagnachmittag von der Arbeit nach Hause kam, entdeckte er auf dem Wohnzimmertisch eine Vogelfeder. Er näherte sich ihr langsam, vorsichtig, als könne die Feder wegfliegen, und betrachtete sie von allen Seiten, ohne sie zu berühren. Sie hatte eine schmutzig-weiße Farbe, war etwa zehn Zentimeter lang, und am unteren Ende erblühte sie zu einem Kranz seidigen Flaums. Milan Krstić untersuchte die ganze Wohnung, prüfte alle Fenster und Türen. Alles war zu, einschließlich der kleinen Kachelofentür, womit jede Möglichkeit ausgeschlossen war, dass die Feder, vom Wind getragen, von der Straße hereingeweht oder durch den Schornstein heruntergesegelt war. Aber wenn sie nicht auf diese Weise hereingekommen war, wie war sie auf seinem Tisch gelandet? Milan Krstić bückte sich und schnupperte an der Feder, fast berührte er sie mit der Nasenspitze. Er roch nichts. Er wusste nichts über Vögel, konnte daher die Feder einem Falken, einem Uhu, einer Taube oder irgendeinem anderen Vogel zuordnen, nur der Spatz und die Schwalbe schieden aus. Er ging in die Küche, wärmte Suppe auf, aß ein Stück weißen Käse. Als er ins Wohnzimmer zurückkehrte, lag die Feder noch immer da. Milan Krstić nahm die Zeitung aus seiner Aktentasche und setzte sich in den Sessel, aber obwohl er alle Artikel, manche sogar zweimal, las, lag die Feder jedes Mal, wenn er aufblickte, dort, wo er sie zuerst gesehen hatte. Nach einer Weile hörte er auf zu lesen. Die Zeitung glitt ihm aus den Händen und fiel neben seine Füße.

Langsam eroberte die Dunkelheit das Zimmer, eine Ecke nach der anderen, einen Gegenstand nach dem anderen, zunächst die Zimmerdecke, danach den Fußboden, dann alles Übrige. Wenn es wieder Tag wird, liegt die Feder vielleicht nicht mehr auf dem Tisch, dachte Milan Krstić, aber er wusste, dass mit oder ohne die Feder nichts mehr so sein würde wie früher, und versuchte voller Angst, in der tiefen Dunkelheit verloren, möglichst leise zu atmen.

Ohne Atem

Wenn ich ihn die Wohnungstür aufschließen höre, bin ich meist schon im Bett. Jetzt muss ich schon eine ganze Weile im Bett liegen, denn ich spüre das hochgerutschte Nachthemd an meinem Hals.
Aber das muss nichts bedeuten.
Er geht langsam, ganz leise, als übe er. Ich stelle mir vor, wie sich seine Hand über die unnatürlich bunte Tapete schiebt und auf der Höhe des Lichtschalters innehält. Ob er daraufdrückt?, frage ich mich.
Aber dann begreife ich, dass er längst im Zimmer ist, was mich manchmal überrascht.
Ich mache die Augen nicht auf, halte den Atem an, tue alles, damit er nicht merkt, dass ich wach bin.
Ich höre ihn nicht, weiß aber, dass er irgendwo steht, vielleicht über das Bett gebeugt, ich weiß, dass er den Atem anhält und herausfinden will, ob ich wirklich schlafe.
In manchen Nächten wünsche ich, dass ich mich plötzlich mit weit aufgerissenen Augen umdrehe, dass das Zimmer von grellem Licht durchflutet ist und dass ich ihn anspreche. Es wäre schön, seine Stimme zu hören.
Aber ich drehe mich nicht um. Ich schweige. Atme nicht. Hoffe, dass dies, wie alles andere, ein Ende haben wird. Wir können doch nicht ewig so bleiben: ohne Worte, ohne Atem.

Die Antwort

Ich stand auf und ging ins Bad.
Als ich zurückkam, stand noch immer das gleiche Lächeln auf ihrem Gesicht. Ich nahm mir vor, nicht zu reden, dieses Mal nichts zu sagen, aber als sie den Blick hob, begriff ich, dass ich sie bereits ansprach. Ich hörte nicht, was ich sagte. Aus den Augenwinkeln sah ich mein Bild in einer dunklen Ecke des Fensters, ich sah die Lippen sich bewegen und danach kurz die Zunge zwischen den Zähnen, als bemühe sie sich um einen schwer zu bildenden englischen Laut. Ich schloss – hoffentlich richtig –, dass es meine Zunge war, dass es meine Lippen waren und dass draußen Nacht herrschte. Ich wünschte mir, auch die Augen gut zu sehen, von denen ich – hoffentlich richtig – annahm, sie gehörten mir, aber das war nicht möglich, ohne dass ich den Kopf bewegte. Ich wollte ihn nicht bewegen. Ich wollte nicht zum wiederholten Male feststellen müssen, dass es zwischen dem Sehen aus den Augenwinkeln und einem direkten Blick keinen Unterschied gibt. Lieber starrte ich auf ihre nackten Brüste, bis ich aus den besagten Augenwinkeln sah, dass ich verstummt war. Dann setzte ich mein ganzes Gesicht ihrem Blick aus. Ob sie mir antworten würde?

Der Rand

Ich trat an den Rand, drehte mich um und sagte zu ihr so etwas wie: Hier bin ich, weiter kann ich nicht, jetzt bist du dran.
Sie schüttelte den Kopf, hob die Schultern, sagte, das betreffe sie gar nicht.
Gut, sagte ich, nein, ich sagte nichts, ich schaute nur in die Tiefe und sah dort Felsen, Algen, Seegurken, vielleicht sogar einen Seestern.
Was sie angehe, sagte sie, sie sei schon längst nicht mehr hier, sie sei anderswo, was geblieben sei, sei nur ihr Körper, sonst nichts.
Ich drehte mich wieder um: Weit hinter ihr, aber noch unter den Kiefern, kam ein Mann auf uns zugerannt. Seine Mantelschöße flatterten, das Sonnenlicht blitzte auf seinen Schuhen oder seiner Brille oder vielleicht auf den goldenen Manschettenknöpfen.
Wir haben nicht viel Zeit, sagte ich.
In dem Augenblick erreichte uns die Stimme des Mannes. Er rief im Laufen, und seine Worte zerfielen, bevor sie zu Ende gesprochen waren.
Ich will nicht sehen, sagte sie.
Das musst du nicht, antwortete ich.
Das Licht blitzte doch auf seiner Brille, jetzt konnte ich es erkennen. So wie ich jetzt auch das Knirschen der Kieselsteine unter den Füßen des Mannes hören konnte.
Sie ging los. Zunächst langsam, dann immer schneller.

Die Schnelligkeit

Ich bin langsam, das bestreite ich nicht. Aber welchen Nutzen bringt uns die Schnelligkeit?
Wenn ich morgens nach dem Aufwachen an all die Wege denke, die ich zurücklegen muss und die mich schließlich nur wieder an den alten Platz bringen, habe ich schon gar keine Lust mehr aufzustehen.
Oder wenn ich vor den Spiegel trete. Darin habe ich noch nie mein ganzes Gesicht gesehen.
Die Welt kann nur in mir sein. Was außerhalb von mir ist, ist nicht mein.
Wäre ich schneller, wüsste ich nicht, dass ich existiere.

Die Art der Schräge

Für Miloš Komadina

Es besteht natürlich die Möglichkeit, alles viel länger dauern zu lassen, große Umwege ausfindig zu machen, eine Annäherung für immer zu vermeiden, aber wozu? Wäre es nicht einfacher, ein Wort zu sagen, halb abgewandt oder direkt ins Gesicht, mit offenen Augen, obwohl es niemand übel nähme, wenn man sagte: Wie grell ist dieses Licht, es stört mich beim Sehen! Und das Weggehen, das Sich-Entfernen, das Verschwinden, sind das wiederum nicht alles verschiedene Optionen, ist das nicht eine Ausdehnung der Grenzen, ein Überhöhen? Denn das Wort ist das Ende; das Wort ist die Auslöschung; das Wort ermöglicht nichts; dabei hast du die Schräge so gern, an die du langsam herantrittst, die dir erlaubt, allmählich zu verschwinden, zu versinken, jawohl, zu versinken vor den Augen derer, die imstande sind, sich so etwas vorzustellen, dich am Rande einer Schräge wie am Ufer eines Sees zu sehen, innezuhalten oder sich zu nähern, nur einen Schritt, einen Schritt nur, mehr nicht, das ist alles, weil sie keine Wahl haben, während du, hast du einmal die nötige Entfernung erreicht, natürlich stehen bleibst. Es beginnt die Stille, von der so oft die Rede ist. Du kannst dir klar vorstellen, wie sie sich auf die Zehenspitzen stellen, wie einige, nicht alle, die Unterlippe hängen lassen, wie sie die Augen aufreißen, die Ohren spitzen. Wer ist da? Niemand. Aber ein Steinchen, wenn nur ein Steinchen die Schräge herunterrollte, was für eine Lawine würde das geben! Und wohin würdest du fliehen, nachdem du gebückt zunächst das Donnern hörst und dann eine Wolke aus Sand und Staub siehst? Glaubst du im Ernst daran, dass die kümmerlichen Pflanzen den Zufall aufhalten könnten?

Alles ist in der Art der Schräge verborgen: die Erzählung und derjenige, der erzählt, und derjenige, für den die Erzählung bestimmt ist. Und derjenige, der zuhört, wo bleibt der? Denn wenn niemand zuhört, verschließt sich das ausgesprochene Wort, und nichts vermag es mehr zu öffnen.

Das Rascheln

Wenn ich mich umdrehe und sie anschaue, sieht meine Frau so klein aus, so winzig, dass ich gleich losheulen möchte. Vielleicht kommt das von der Konfektionsgröße, vielleicht ist sie nicht geschickt genug, das richtige Muster, den richtigen Schnitt zu wählen, vielleicht glaubt sie, größer zu sein, als sie ist. Auf der Straße im Gedränge um die Mittagszeit habe ich immer Angst, sie zu verlieren, und nachts im Bett, während sie zwischen meine Beine gleitet, halte ich ihren Kopf, streichele sanft ihre Ohren, aus Angst, sie könne mir abhanden kommen. Alles sieht natürlich anders aus, wenn ich liege und sie steht, wenn ich mich in die Ecke hinter dem Schrank verkrieche und sie sich auf die Zehenspitzen stellt. Ich schaue dann durch die Finger und genieße ihre scheinbare Größe. Wie schön, denke ich, wie schön und stattlich diese Frau ist! Dann höre ich ein Rascheln, hebe den Kopf und erblicke durch das Gewirr von Spinnweben und Staub ihr Gesicht über dem Schrank. Ich habe dich gefunden, sagt sie lächelnd. Und ihre kleinen Zähne werden tief in mir immer größer.

Der Schnee

Fertig, sage ich, du kannst gucken, aber sie verbirgt ihr Gesicht, eigentlich hat sie sich zur Wand gedreht und mir nur die zarten Härchen am Nacken überlassen, auf die ich manchmal, nein immer, meine Lippen pressen mag.
Fertig, wiederhole ich, aber jetzt ist meine Stimme etwas kräftiger, fester, obwohl ich sie nicht hebe, ich habe ihr nur etwas Farbe hinzugefügt, jene Farbe, die sie wieder erkennen müsste, falls sie mich vorhin nicht gehört hat oder falls sie eingenickt ist. Man nickt leicht ein in dieser Wohnung an solch schwülen Nachmittagen.
Fertig, sage ich noch einmal, doch jetzt flüstere ich, denn, falls sie doch eingeschlafen, soeben in Schlaf gesunken ist, wird sie bestimmt nicht mögen, dass ich sie wecke. Sie hat einen leichten Schlaf, redet häufig im Traum, zwei oder drei Mal stand sie mitten in der Nacht auf und ging mit geschlossenen Augen ins Bad.
Fertig, sage ich, dieses Mal aber zu mir selbst, fertig, du kannst gucken. Eines Tages verstaue ich alles, was ich besitze, in einem Koffer, das Nötigste, ohne das ich nicht auskomme, passt in eine Tasche, in eine mit zwei Griffen, zwei Hemden, etwas Unterwäsche, noch eine Hose, Zahnbürste, Rasierapparat, Bleistift, Schreibheft, Kamm, Kuli, und ziehe mit dieser Tasche, obwohl auch ein Rucksack nicht schlecht wäre, ins Gebirge, an irgendeinen See. Wenn ich den Wunsch verspüre, Erde zu sein, werde ich dort Erde; wenn ich Luft sein möchte, werde ich Luft; wenn Wasser, dann Wasser; wenn Schnee, dann Schnee. Das ist es eben: Ich liebe den Schnee.

Irgendwo unter meinen Füßen

Wie oft ich auch versucht, sosehr ich mich auch bemüht habe, sagt sie, nie ist es mir gelungen, den Dingen eine neue Bedeutung zu geben, eine festgelegte Bewegung auf geheimnisvolle Weise neu zu gestalten. Ein Schlüssel im Schloss ist ein Schlüssel im Schloss. Das Licht, das sich rechteckig über die Diele ausbreitet, wenn ich die Wohnungstür öffne, ist das Treppenhauslicht. Der Schatten in der Ecke, der mich früher vor Angst erstarren ließ, ist nur der Kleiderständer. Der Reflex im Vorbeigehen ist nicht der Glanz von jemandes Auge, sondern der matte Widerschein des Spiegels. Ich schließe die Tür, und alles wird leiser. Ich höre die Töne in die Tiefe sinken, irgendwo unter meinen Füßen. Wenn ich die Hand hebe, um den großen, altmodischen Kronleuchter einzuschalten, in dem die meisten Glühbirnen nicht brennen, werde ich seine Stimme hören. Er wird mir sagen, ich solle das Licht nicht anmachen. Zieh den Mantel aus, wird er sagen. Ich werde ihn ausziehen. Dreh dich um. Ich werde mich umdrehen. Komm langsam auf mich zu. Ich werde langsam auf ihn zugehen. Es reicht, wird er sagen, bleib stehen. Ich werde stehen bleiben und in der Vertiefung des Halbdunkels, wenn man das so sagen kann, die würgende Finsternis sehen. Das ist er, auf der Seite liegend, geräuschlos atmend. Seine rechte Hand ist unter der rechten Wange, die linke hinter dem Rücken. Ist er alt, oder ist er vielleicht jung? Was will er von mir? Ich kenne seinen Namen nicht, ich weiß nicht, wer er ist, ich weiß nicht, was er tut und ob er überhaupt etwas tut. Einmal nur habe ich ihn gefragt, wie er heißt, ob er mir wenigstens sagen möchte, wie er heißt, und er antwortete: Nenne mich Ismail, nenne mich Vladimir, nenne mich, wie du willst.

Koan-Erzählung

Wenn ich meine Hand hebe, sagte er, wo geht die Hand dann hin?

Hasenaugen

Sprich mir nicht von Hasenaugen, sagt sie am frühen Morgen. Die interessieren mich nicht.
Worüber willst du dann mit mir reden?, frage ich.
Über nichts, sagt sie, du sollst schweigen.
Hast du keine Angst vor der Stille?, frage ich.
Nein.
Bist du sicher?
Ja.
Wenn es so ist, sage ich, schweige ich.

Peter Handke

Er sagt: Ich heiße Handke, Peter Handke. Zu einem Teil, mütterlicherseits, bin ich Slowene; mein Vater tut in diesem Fall nichts zur Sache. Ich mag Dinge an sich, ich mag Gegenstände, so wie sie sind. Ich weiß, dass es hinter ihnen etwas gibt, und ich weiß, dass ich es noch nicht geschafft habe, mich dem ganz zu nähern. Die Wörter stören mich. Einmal schon sagte ich, und zwar als ich über John Lennon schrieb, dass Wörter lächerlich sind und dass sein Vorteil darin liegt, dass er, wenn er einen Song schreibt, nicht in Wörtern, sondern in ihren Nachahmungen denkt: ta-ti-ti-da-ta-du-du-a, ta-ti-ti-da. Wenn ich dir jetzt sagen würde, dass wir »Sklaven der Wörter« sind, würdest du entgegnen, dies sei nur meine Paranoia, und mir die essenzielle Frage stellen – Warum schreibst du eigentlich? –, auf die ich dir nie werde antworten können. Aber das Problem liegt nicht darin, denn ich könnte dich genauso gut fragen, warum du nicht schreibst, dann bliebest auch du ohne Antwort, aber das tue ich nicht. Ich bin mir der Vergeblichkeit meiner Versuche bewusst und übertreibe nicht, wenn ich sage, dass jedes meiner Bücher die Geschichte eines neuen Misserfolgs ist. Als ich einem anderen Mädchen während meiner Amerikareise sagte, wie gerne ich nicht in Wörtern denken möchte, wie gerne ich so schreiben möchte, wie ich denke, fragte sie mich, ob ich jemals einen Trip eingeworfen hätte. Trip ist nur ein Wort, sagte ich. Aber man geht auf einen Trip ohne Worte, erwiderte sie. Auch ihr erzählte ich von John Lennon, aber sie mochte lieber Grace Slick. Wenn unsere

Geschmäcker verschieden sind, fragte ich sie, unterscheiden sich dann auch unsere Worte? Augenblicklich ließ sie mich stehen. Wir waren auf einer großen Party, und sie ging einfach auf den erstbesten Mann zu. Ich trat auf die Terrasse und betrachtete die Lichter der Stadt. Den Whiskey goss ich in den Topf mit dem Philodendron und fragte mich, auf welche Weise die Wurzeln den Blättern signalisieren werden: Heute Abend trinken wir Whiskey. Ich konnte deutlich die Zunge sehen, die in Gestalt von Molekülen jeden Sinn einwandfrei transportiert. Ich ging zurück ins Zimmer. Das Mädchen stand schon bei einem anderen Mann, eigentlich bei einem dritten, denn ich war der erste gewesen, und ich hatte niemanden, dem ich das soeben Erfahrene anvertrauen konnte. Ich durchschritt den ganzen Raum bis zu der Ecke, wo die Musikanlage stand, fischte aus dem Haufen Schallplatten das »Weiße Album« der Beatles heraus und legte das Lied »Revolution« auf. Hier, dachte ich, das sind die Moleküle, die ihnen genau vermitteln werden, was ich fühle. Dann ging ich. Und sie sagt: Handke – ist das ein Vor- oder ein Nachname?

Svetislav Basara interviewt Samuel Beckett für das dritte Programm von Radio-Belgrad

(Fragment)

S.B.: … und dann, während ich die Augen öffne und, da ich wie ein Toter unbeweglich auf dem Rücken schlafe, nur Grau sehe, kommt mir in den Sinn, dass auch die Worte so sind, dass die Sprache unförmig ist und dass wir außerstande sind, sie, die Worte, voneinander zu unterscheiden, genau zu wissen, welches welches ist. Nachdem ich mir dann die Augen gerieben habe, erblicke ich den Fensterrahmen und erkenne, dass ich mich geirrt habe, weil, wenn ein Rahmen vorgegeben ist, sich alles leicht in ihn fügt.

S.B.: Mir ist mal etwas Ähnliches passiert. Ich kam nach Hause, trat ins Zimmer, ohne das Licht anzuknipsen, und konnte dann im Dunkeln mein Bett nicht finden. Ich schlief im Stehen ein, an die Wand gelehnt.

S.B.: Auch ich glaubte früher an Träume.

(Pause)

S.B.: Haben Sie je den Regen gesehen?

S.B.: Bitte?

S.B.: Haben Sie je den Regen gesehen?

(Pause)

S.B.: Ich habe nicht mit so schwierigen Fragen gerechnet.

(Pause)

Nein, ich habe ihn nie gesehen. Eigentlich –

(Pause)

Vielleicht doch einmal, ich bin mir nicht sicher, vielleicht

doch einmal …
(Pause)
Da war ich natürlich viel jünger.
(Pause)
Oder älter?
(Pause)
Auf jeden Fall hatte ich dichteres Haar.
(Pause)
Viel dichteres.
(Pause)
Ich weiß es nicht mehr.
(Pause)
Ich kann mich nicht erinnern.
(Pause)
Denn in dieser Nacht, als ich ans Ende der Mole gelangte – es blies ein entsetzlicher Wind, den ich nie vergessen werde –, sah ich alles oder fast alles, falls man in der Dunkelheit sehen kann, doch, man kann es, da wusste ich, wie das aussehen soll, nämlich wie ein Monolog, selbst wenn es einem Dialog ähnelt, immer zwischen der Stille und der Finsternis, zwischen der Finsternis und der Stille, bis in meiner Erinnerung keine unbesuchte Stelle mehr bleibt, bis ich vollständig zu meinem Werk werde.
(Pause)
Manche halten mich für einen guten Menschen.
(Pause)
Nicht alle.
(Pause)
Nicht alle. (Bricht in Tränen aus.)
(Pause)

Jetzt habe ich nur die Stille kaputt gemacht. (Heult weiter.)
Diese Stelle müssen wir löschen, das ist nichts fürs Radio.
(Putzt sich die Nase.)
(Pause)
Ich bin eine Leere.
(Pause)
Ich bin eine Leere –
(Ende des Bandes)

Der Fluchtweg

Ich erzählte ihm natürlich nie alles, was ich wusste, – sagte sie –, ich behielt immer etwas für mich, immer dachte ich: Das ist mein Fluchtweg, man weiß nie, wann man ihn brauchen wird. Eines Abends kam er später nach Hause als gewöhnlich, ich hörte, wie er sich die Schuhe abputzte, er putzte sich immer die Schuhe ab, unabhängig von der Jahreszeit, ich meine, gleich ob es draußen nass oder trocken war, immer bleibt etwas an den Schuhsohlen hängen, und nachdem er sich die Schuhe abgeputzt hatte, legte er eine Hand auf die Türklinke und hielt inne. Ich wartete, entschlossen, ihm direkt in die Augen zu blicken, wenn er herein kam, aber er kam nicht herein. Ich richtete meinen Blick auf die Türklinke und dachte: Sicher beobachtet er etwas, obwohl ich nicht wusste, was er in dem dunklen Treppenhaus hätte sehen können, oder jemand ist vorbeigekommen, aber dann hätte ich Worte gehört, meist hört man Worte, wenn Menschen sich unterhalten, ich hörte jedoch nichts. Da kam mir ein sehr komischer Gedanke. Ich dachte: Er knutscht mit jemandem. Ich hatte keine Ahnung, mit wem er im dunklen Treppenhaus hätte knutschen können, dafür konnte ich mir aber genau vorstellen, wie sehr er beim Knutschen darauf bedacht war, die Türklinke nicht runterzudrücken, um nicht zu verraten, dass er schon da war, und ich fragte mich, ob es überhaupt möglich ist, jemanden zu küssen, während sich gleichzeitig der Schlüssel im Schloss dreht. Dann hörte ich wieder, dass er sich die Schuhe abputzte, was bedeutete, dass es draußen eine Sintflut oder eine Dürre gab, das sind die beiden Extreme, die zweifaches Schuhabputzen erfordern, und sah, wie die Türklinke langsam heruntergedrückt wurde, einmal und noch einmal, und da fiel mir ein, dass ich die Tür abgesperrt beziehungsweise dass ich sie nach dem Duschen nicht mehr aufgeschlossen hatte, denn ich sperre sie immer ab, wenn ich ins Bad gehe. Auch das ist eine Vorsichtsmaßnahme, von der man nie weiß, wann man sie einmal brauchen wird. Ich stand auf, die Klinke wurde wieder heruntergedrückt und blieb in dieser Position. Ich setzte mich.

Die Halbschuhe

Für Bojana Živković

Ich öffnete die Tür und sagte, nein, ich sagte nichts, er aber sagte: Grüß dich. Ich schloss die Tür, knipste das Licht aus und zog mich ins Zimmer zurück. Die Frau auf dem Bildschirm fletschte weiterhin die Zähne, während ihr die Locken in die Stirn fielen. Wie heißt du?, fragte ich sie. Sie sagte: Zahnpasta. Ich wusste nicht, was ich sie noch hätte fragen können. Ich ging zur Wohnungstür, öffnete sie wieder, machte das Licht aber nicht an. Ich dachte, in der Dunkelheit könne er stecken, könne ich sicherer sein. Aber er war schon weg, die Dunkelheit und das Licht waren für ihn ohne Bedeutung, oder bedeutete ihm die Dunkelheit mehr und das Licht weniger, oder aber bedeutete ihm die Dunkelheit weniger und das Licht noch weniger, dahinter werde ich nie kommen. Vor der Tür sah man nur die Spuren seiner Halbschuhe, wobei die linke eindeutig tiefer als die rechte, die rechte schräger als die linke, die linke vor der rechten war. Die Frau vom Bildschirm war jetzt ein Mann, der über die Qualität von Stoffen, über die Beschaffenheit der menschlichen Seele redete. Ich blickte zum Himmel und sah deutlich, wie die Sterne sich bewegten, einer nach dem anderen, ganz langsam. Dann hörte ich hinter mir die Tür zufallen, es gibt nur eine Art, auf welche eine Tür zufällt. Wer ist da?, rief ich. Und als ich mich entfernte, sah ich überrascht, wie viel größer seine Spuren waren als meine.

Das Bild

Neben einem Fenster im Speiseraum der Berghütte hängt ein Bild mit dem Motiv, das vor dem Fenster zu sehen ist: der smaragdgrüne See, in dem sich die umliegenden Berge spiegeln. Das Bild hing siebenunddreißig Jahre an der Stelle, dann verschwand es und war nicht mehr zu finden. Zwei Jahre später tauchte das Bild unverändert an der alten Stelle auf. Man entdeckte keine Spuren oder Abdrücke darauf, aber seitdem kann man in der Hütte nur noch schwer ein freies Bett bekommen. Alle gehen hin in der Hoffnung, dass das Bild wieder verschwindet, während sie gerade dort sind.

Der Rhythmus des Calypso

Wir erhoben uns alle in Erwartung der Nationalhymne, aber das Orchester begann einen Calypso zu spielen. Und nicht nur zu spielen, sondern auch zu tanzen. Das ganze Orchester, der Dirigent inbegriffen, tanzte einträchtig Calypso. Bald übertrug sich dieser Rhythmus auch auf uns, strömte durch unsere Arme und Beine, nistete sich in unseren Bäuchen und Hintern ein, dann schloss sich uns die Ehrengarde an, auch die Diplomaten auf den Tribünen, die Blumen tragenden Kinder, sogar die Flugzeugbesatzung kam auf die Rollbahn herunter, schließlich begannen auch die Präsidenten zu tänzeln, zunächst der unsere, dann der ihre, bald taten sie es gemeinsam, sich an den Händen haltend, daraufhin schunkelten die Kameraleute mitsamt ihren Kameras, weswegen das Bild auf allen Fernsehschirmen des Landes schaukelte und hüpfte, aber niemand beschwerte sich, niemand rief an, weder damals noch später und auch nicht viel später, als sogar die Mitglieder des Orchesters behaupteten, das sei nicht passiert.

Die Maschine

Meine Freundin traut den Maschinen nicht. Ist sie irgendwo zu Besuch, untersucht sie zunächst die Wohnung nach Maschinen. Am längsten verweilt sie in der Küche. Verschiedene Schneidegeräte, den Mixer, den Toaster, die Kaffeemaschine, den elektrischen Dosenöffner, den Fleischwolf – alles registriert sie mit größter Aufmerksamkeit. Wohnungen mit zu vielen Maschinen betritt sie nie wieder. Es ist eine Frage von Tagen, meint sie, bis die Maschinen die Herrschaft über die Welt übernehmen. Wir hätten nur eine Chance, behauptet sie, wenn wir zu den gewöhnlichen Dingen zurückkehrten: zum Mörser und dem Nudelholz, zu Kochlöffeln und Messern, zu Schwämmen und Teppichklopfern. Nachts, wenn alle schlafen, liegt sie wach und horcht. Von Zeit zu Zeit steht sie auf, um nach der Waschmaschine zu sehen und um sich zu vergewissern, dass diese sich nicht auf den Weg nach draußen gemacht hat. Beruhigt kehrt sie dann ins Bett zurück, und wenn sie endgültig eingeschlafen ist, träumt sie vom Himmel als von einer riesigen Maschine zur Herstellung von Wolken.

Das Recht des Stärkeren

Ein Junge kommt in den Hof herunter mit einer Scheibe Brot in der Hand. Das Brot ist mit Walderdbeermarmelade bestrichen, und der Junge freut sich schon auf ihren Geschmack. Im Hof tritt jedoch der Junge aus dem dritten Stock, der älter und stärker ist als er, auf ihn zu und reißt ihm wortlos das Brot aus der Hand. Er beißt hinein, verzieht das Gesicht und spuckt den Bissen aus. Erdbeeren, pfui!, sagt er und schmeißt das Brot auf die Erde, in den Staub.

Die Geschichte über die Eltern

Der Schriftsteller versucht seit Tagen eine Geschichte zu schreiben, die er seinen Eltern widmen will, genauer den Schatten seiner Eltern, denn sie sind schon längst tot, aber etwas stört ihn, etwas hindert ihn anzufangen. Und wenn der erste Satz doch noch am Horizont auftaucht, zerfällt er, bevor er aufgeschrieben ist. Der Schriftsteller vermutet, daran seien die Spatzen und die Tauben schuld, die sich auf der Balkonbrüstung drängen. Er steht auf und vertreibt sie, aber vergebens, denn kaum kehrt er ihnen den Rücken, kommen sie wieder. Es bleibe ihm keine andere Wahl, als eine Vogelscheuche zu bauen, stellt der Schriftsteller fest. Er geht ins Zimmer und kommt mit Vaters altem Hut, Mutters buntem Kleid und hohen Stöckelschuhen zurück. Während er sich bemüht, all dies an einem Besen zu befestigen, meint er Mutters Stimme zu hören. »Da hast du doch deine Geschichte, mein Junge«, sagt die Stimme, aber als er sich umdreht, sieht der Schriftsteller nur seinen Schatten an der Wand.

Die Taschentücher

Du hast mich nie geliebt, sagt der Sohn zu seiner alten Mutter, für meine Schwester und für meinen jüngeren Bruder hattest du immer schöne Worte übrig, für mich aber nicht, als existierte ich nicht, als sei ich nicht so viel wert wie die beiden, als wolltest du mich vergessen. Die Mutter antwortet nicht. Und warum schweigst du jetzt, fragt der Sohn, warum sagst du nichts, warum überzeugst du mich nicht vom Gegenteil? Die Mutter schweigt. Oder, fährt der Sohn fort, stimmt doch alles, was ich sage? Die Mutter holt ein Taschentuch hervor, tupft damit die Augenwinkel. Ach nein, sagt der Sohn, spar dir deine Krokodilstränen für jemand anderen auf. Er reißt der Mutter das Taschentuch aus der Hand, wirft es auf den Boden und tritt darauf. Die Mutter holt ein zweites Taschentuch aus dem Ärmel und tupft damit wieder die Augenwinkel. Der Sohn greift nach dem Taschentuch, aber es gleitet ihm aus der Hand und versteckt sich unter dem Sessel. Der Sohn wundert sich, schüttelt den Kopf. Das ist doch nicht möglich, sagt er. Doch, sagt die Mutter, natürlich ist das möglich. Und sie holt ein drittes Taschentuch hervor, das sich an ihre Finger schmiegt wie ein weißes Hündchen.

Das Wiedererkennen

Wenn wir die Schule schwänzen, sitzen wir im Park. Wir schleppen eine Bank zwischen die Sträucher und die Kiefern, sodass uns von der Allee aus niemand sehen kann. Wir rauchen, manchmal trinken wir, manchmal schlucken wir irgendwelche Tabletten, knabbern Erdnüsse, lutschen Bonbons. Gegen Mittag werden wir alle unruhig und nervös, einige gehen schon nach Hause, obwohl es am schönsten ist, wenn der Unterricht zu Ende geht und alle Schüler herauskommen. Dann schauen wir zu, rühren uns nicht, gehen auf niemanden zu. Will jemand etwas von uns, so wird er schon kommen. Dann erscheinen die Lehrer, und es wird still. Sie gehen wortlos an uns vorbei, tun so, als sähen sie uns nicht. Das ist gut so, sagen wir, besser, sie sehen uns nicht, denn wenn sie uns sehen, ist es zu spät.

Der Cowboy

Der Cowboy ist so dick, dass das Pferd sich weigert, ihn zu tragen. Es grast, bewegt den Schweif, es zuckt zusammen, wenn der Cowboy ihm die Sporen gibt, rührt sich aber nicht von der Stelle. Wehmütig denkt es an die Zeiten zurück, als die Cowboys groß und schlank waren und man sie im Sattel kaum spürte. Wie sind sie damals galoppiert! Sie flogen, ist sich das Pferd sicher, schneller als eine Kugel. Es macht die Augen zu und denkt an die Indianer, an die mit Planen bedeckten Wagen, an Mädchen, die schnell zu Frauen heranwuchsen. Währenddessen denkt der Cowboy an nichts. Von Zeit zu Zeit gibt er dem Pferd die Sporen oder redet mit gewählten Worten auf es ein, aber dann wird er es leid und betrachtet schweigend den Sonnenuntergang, von dem er nie so weit entfernt war wie jetzt.

Auf der Straße

Als Sanja ihren Redefluss unterbricht, versucht Jovan ihr zu widersprechen, aber keiner unterstützt ihn, im Gegenteil, alle pfeifen, johlen und drohen ihm sogar, daraufhin verzieht er sich zunächst in eine Zimmerecke, dann vor die Haustür, draußen hebt er den Blick zum Himmel, geht auf den Hof, streichelt den alten Hund und nähert sich Schritt für Schritt dem Tor, macht es auf und tritt auf die Straße. Dann begibt er sich an den Bordstein, wo er lange steht, nach links und nach rechts schaut und die Bewegung der Autos verfolgt, während wir uns ans Fenster drücken und einer von uns immer wieder sagt: Er wartet auf einen Lastwagen, ich sag euch, er wartet auf einen Lastwagen.

Tödliche Mathematik

Rista war 27, als seine Mutter starb. Sein Vater verschied 12 Jahre danach, und dessen Zwillingsbruder, der nie über den Tod seines Bruders, Ristas Vater, hinwegkam, nahm sich 2 Monate später das Leben. Sein Sohn kam 3 Jahre danach mit einer Gruppe von Bergsteigern irgendwo in den österreichischen Alpen um. Genau 35 Jahre zuvor wurde Ristas Schwester geboren. Sie starb 10 Jahre später, bzw. 5 Jahre, nachdem Zvezdana, Ristas erste Frau, geboren wurde. Zvezdana heiratete Rista 22 Jahre später, die Ehe wurde nach 6 Jahren und 6 Monaten geschieden. 2 Jahre danach heiratete Rista zum zweiten Mal, aber nicht mehr in derselben Stadt. Seine zweite Frau hatte einen Bruder, der 4 Jahre älter war, aber mindestens 10 Jahre jünger aussah als sie. Nur 8 Tage nach ihrer Hochzeit stürzte der Bruder eine Treppe hinunter und brach sich den Hals. Als seine Verlobte, die in anderen Umständen war, davon erfuhr, fiel sie in Ohnmacht und kippte auf eine Couch. Weder ihr, noch dem Kind – es war ein Mädchen – ist dabei etwas passiert, aber 12 Jahre später stürzte das Mädchen bei einem Schulausflug in einen leeren Brunnen und erstickte, bevor die Retter kamen. Rista war zu dem Zeitpunkt fast 55 Jahre alt.

Hochwasser

Mit letzter Kraft klammert er sich an die Zweige, die über dem kleinen, Hochwasser führenden Fluss hängen. Der Mann sucht mit den Füßen Halt am steilen Ufer, aber die Strömung ist zu heftig. Er spürt, wie seine Hände von den nassen Blättern gleiten, betrachtet sie, als hoffe er, sie blieben auf diese Weise an ihnen haften. Sein Blick fällt auf die Armbanduhr, und er stellt mit Erstaunen fest, dass er noch keine fünf Minuten im Wasser ist. Während er gegen die Strömung kämpfte, mit Händen und Füßen um sich schlug und den treibenden Zweigen und Gegenständen auswich, hätte er schwören können, er sei schon jahrelang der Kraft des Wassers ausgesetzt. Es wäre besser, denkt er, keine Uhr zu haben, aber er kann sie nicht ablegen, er muss vielmehr zusehen, wie der schmale Zeiger ihm die Sekunden von der Zeit, die ihm noch bleibt, stiehlt, bis er zuerst einen und dann den anderen Zweig aus den Händen lässt.

Was nun?

Seid ruhig, sagt Nenad und legt die Hand hinters Ohr, man hört etwas. Wir bleiben stehen, reden nicht mehr, keiner lacht, keiner hustet, keiner atmet. Dann sagt Zoran: Ich höre nichts. Pst!, bringt Nenad ihn zum Schweigen, jetzt ist es ganz deutlich, hör mal hin! Und in der Tat erreicht uns aus der Dunkelheit eine Stimme, eine schmerzerfüllte Stimme, die Stimme von jemandem, der schreckliche Qualen leidet oder mit etwas Entsetzlichem konfrontiert ist und nun um Hilfe ruft. Jetzt sind schon deutlich Worte zu hören: Meine Mutter, meine liebe Mutter, wo bist du? Nenad dreht sich zu uns und fragt: Was nun? Keiner antwortet. Nevena greift sich in die Bluse und wischt den Schweiß zwischen den Brüsten weg. Ich sterbe vor Angst, sagt sie.

Der Anbruch der Nacht

Der Junge fürchtet sich vor der Nacht. Die Geräusche, die er nach dem Anbruch der Dunkelheit hört, rühren ganz eindeutig daher, dass jemand einen Tunnel zu seinem Zimmer gräbt. Der Junge weiß weder, wer das ist, noch woher er kommt, aber nach der Stärke der Geräusche zu urteilen, wird er bald da sein. Er weiß nicht, ob er höchstens noch zwei oder drei Nächte braucht, er weiß auch nicht, an welcher Stelle unter dem Tisch das Parkett sich langsam heben und er die glühenden Augen des Unbekannten erblicken wird. Er hat versucht, es seinen Eltern zu erklären, aber sie winkten nur ab und sagten, er sei zu groß für solchen Unsinn. Ich werde ihnen zeigen, was Unsinn ist, flüstert der Junge zornig, sie werden sehen, wer groß und wer klein ist. Und als das Parkett unter dem Tisch sich zu heben beginnt, spürt er keine Angst mehr, sondern nur noch Freude.

Die Parkbänke

Jede Nacht schleppen Liebespaare Parkbänke ins Gebüsch, jeden Morgen bringen wir sie zurück an die Spazierwege. Wegen dieser überflüssigen Arbeit haben wir mehrere Beschwerden an die Direktion der städtischen Grünanlagen gerichtet, aber man wollte uns nie ernst nehmen. Eines Morgens fanden wir auf einer Bank im Gebüsch eine tote Frau. Ihr Rock war hochgeschoben, die Strümpfe und die Unterwäsche zerfetzt, an ihren Schenkeln klebte Blut. Auf der Sitzung der Direktion konnte man sich jedoch nicht einigen, ob man die Bänke wegräumen oder die Büsche zurückschneiden solle. Und so bringen wir weiterhin jeden Morgen die Bänke an ihren Platz zurück, allerdings tun das jetzt die Männer, während die Frauen etwas abseits stehen und durch die gespreizten Finger schauen.

Die ernste Absicht

Alle lachten, als Rade erklärte, er bringe sich um, er aber nahm eine Pistole aus seiner Jackentasche, hielt sie sich an die Schläfe und rief: Glaubt ihr, ich tue es nicht, glaubt ihr das wirklich? Wir verstummten, man hörte nur Susana wimmern und schniefen. Rade schrie weiter diese Frage, immer lauter und immer heiserer, bis Mladen sagte: Bring dich doch endlich um, worauf wartest du noch? Rade stockte mitten im Satz, stand auf und feuerte, ohne den Mund zu schließen, die Kugel direkt in Mladens Herz.

Der Ruf

Die junge Frau hält im Gehen inne und dreht sich um, überzeugt, jemand rufe sie. Aber wer kann sie schon rufen in einer Stadt, in der sie noch nie war? Sie geht weiter, wenngleich langsamer, bleibt immer wieder stehen und dreht sich um. Vielleicht sollte ich mich hinsetzen, denkt die junge Frau, vielleicht sollte ich warten? Niemand antwortet ihr, aber dann erblickt sie am Himmelsrand zwischen den Wolken ihren Namen.

Die Freude

Mein Vetter sammelt alte Sachen, aber nur solche, so behauptet er, für die es einen vorbestimmten Platz in seiner Wohnung gibt. Er nimmt nicht jeden beliebigen krummen und verrosteten Nagel mit, sondern nur den, dem es beschieden ist, auf seinem Regal neben dem Aschenbecher mit Sprung zu ruhen. Alle Gegenstände, meint mein Vetter, hätten ein vorbestimmtes Schicksal, aber es gebe auch solche, deren Schicksal nicht in Erfüllung gehe, sodass sie irgendwo verlegt und vergessen würden. Mein Vetter kann sie manchmal winseln und denjenigen rufen hören, der ein Teil ihres Schicksals ist. Vernimmt er seinen Namen, macht sich mein Vetter auf den Weg zu dem rufenden Gegenstand, bringt ihn nach Hause und stellt ihn auf seinen vorbestimmten Platz. Die Freude, die er spürt, wenn der Gegenstand und sein Platz sich finden, ist unbeschreiblich groß, sagt mein Vetter und legt einen zahnlückigen Kamm neben eine kaputte Glühbirne.

Das kleine Licht

Sobald er merkt, dass das kleine Licht in ihm angegangen ist, beginnt der Schriftsteller zu schreiben. Er schreibt schnell, denn er weiß nicht, wie lange das kleine Licht brennen wird. Manchmal nur wenige Augenblicke, manchmal brennt es bis zum letzten Satz und erlischt erst, nachdem er den Schlusspunkt gesetzt hat. Manchmal jedoch entfacht sich anstelle des kleinen Lichts ein riesiges Feuer, und der Schriftsteller weiß nicht, was er zuerst tun soll: weiter schreiben oder retten, was er bis dahin niedergeschrieben hat.

Die Wirkung des Erdbebens

Das Mädchen vor mir in der Schlange sagt in ihr Handy: Mein Leben ist wie eine Serie von Erdbeben, wohin ich auch blicke, überall Katastrophen, so kann ich nicht weiterleben, verstehst du? Etwas später dreht sie sich zu mir, reicht mir ihr Handy und flüstert: Er behauptet, er verstehe mich nicht. Versuchen Sie es bitte, vielleicht hört er auf Sie.

Wem soll man glauben?

Die junge Frau setzt ihrem Freund geduldig auseinander, dass sie beide sich nicht mehr quälen sollten und dass jedes Bemühen zusammenzubleiben die ohnehin schlechte Situation nur noch verschlimmere. Es hat keinen Sinn, sagt sie, wir vergeuden nur unsere Zeit, deshalb ist es besser, dass jeder seinen Weg geht, wir haben ja noch das ganze Leben vor uns. Was nütze ihm ein Leben, in dem es sie nicht gebe, sagt der junge Mann und fügt hinzu, er bringe sich, wenn sie ihn wirklich verließe, ganz bestimmt um. Die junge Frau erwidert, sie wolle, sie könne nicht glauben, dass er so etwas tun werde, gibt ihm einen Kuss auf die Wange und geht. Als am nächsten Tag der junge Mann tot aufgefunden wird, sagt sie wieder, sie könne nicht glauben, dass er so etwas tun konnte, sie sagt es jedem, der bereit ist zu hören, sie wiederholt es ein Dutzend Mal am Tag, und als es niemanden mehr gibt, dem sie das sagen kann, wiederholt sie es für sich selbst, erst leise, flüsternd, dann immer lauter, so laut sie kann.

Ursula

Ich traf, es ist nicht einmal drei Tage her, eine Frau, die sich eingehend nach allen Mitgliedern meiner Familie, einschließlich unserem Hund Džonatan erkundigte. Während ich auf ihre Fragen antwortete, versuchte ich dahinter zu kommen, wer sie war, aber vergebens. Ich wunderte mich und ärgerte mich auch ein bisschen über mich, weil mir ihr Name nicht einfiel, denn ihre Fragen zeugten davon, dass sie nicht nur meine ganze Familie kannte, sondern sogar über viele Ereignisse aus der Vergangenheit Bescheid wusste, selbst über solche, von denen sie eigentlich nichts wissen sollte. Ich tat die ganze Zeit so, als schenkte ich ihren Fragen meine ganze Aufmerksamkeit, und ließ nicht zu, dass auch nur ein Anflug von Argwohn über mein Gesicht huschte. Dann sah sie auf die Uhr und sagte, es sei höchste Zeit, zum Markt zu gehen, wenn sie noch frische Sahne bekommen wolle. Ich dachte, Sahne könnte das Schlüsselwort zu ihrem Namen sein, aber ich hatte das noch nicht zu Ende gedacht, als sie hinzufügte: Und richten Sie bitte allen schöne Grüße von Ursula aus, sich umdrehte und ging. Aber, wer ist jetzt Ursula?

Drei, zwei, eins

Drei Züge waren ausreichend, obwohl manche behaupteten, man hätte es in zwei Zügen schaffen können, während ein Experte, den keiner beachtete, darauf bestand, für den Sieg hätte ein einziger Zug genügt. Er hat nie gesagt, um welchen Zug es sich handelte, dennoch wird die Zahl derer, die ihm glauben, mit jedem Tag größer.

Im Garten

Jede Nacht träume ich denselben Traum. Und jede Nacht werde ich an derselben Stelle im Traum wach, bevor es mir gelingt, den Vorhang beiseite zu schieben und festzustellen, wer im Garten ist. Die Person pflückt Blumen und ruft leise nach mir. Nicht meinen Namen, den kennt sie offensichtlich nicht, sie ruft nur leise: Hallo, Junge, hallo, Junge, hallo-hallo.

Die Dauer des Spiels

In einem Zugabteil auf den Fensterplätzen sitzen ein Mann und ein Junge, sehr wahrscheinlich Vater und Sohn, sie sind ganz in ein Spiel vertieft. Beide zählen, und wenn einer von ihnen zu einer bestimmten Zahl gelangt, blicken sie einander an und brechen in schallendes Gelächter aus. Das Spiel geht so eine Weile weiter, dann nimmt der Vater seine Tasche und holt daraus zwei Bücher, eins für sich, eins für den Jungen. Beide beginnen zu lesen, allerdings lacht der Junge ab und zu fröhlich, als dauere das Spiel noch immer an.

Der Bäcker mag kein kaltes Wasser

Der Bäcker Petar Nikolić tritt an den Rand des Schwimmbeckens, taucht seine rechte große Zehe ins Wasser, sagt: »Brrr!«, dreht sich um und geht.

Wo und wann konnte das alles geschehen?

Währenddessen, im Wald …
Unweit davon, auf der Brücke …
Neben ihnen, in der Gaststätte …
Ganz unerwartet, vor Morgengrauen …
Etwas später, in der Kaserne …
Gegenüber, im Gebüsch …
Nicht weit davon, auf der Anhöhe …
Nur noch jetzt, und nie wieder …

Das Verstummen

Zunächst beachtet niemand die Frau mit der Ziehharmonika. Einige essen, einige trinken, einige dösen, einige unterhalten sich leise, wen kümmert schon die Frau mit der Ziehharmonika? Da setzt die Frau das Instrument ab, geht in eine Ecke und beginnt zu singen. Sie hat eine engelhafte, kristallklare, obwohl eigentlich raue Stimme. Bald verstummen alle, lauschen aufmerksam der Stimme, die zunächst davon singt, wie das Leben einst war, dann davon, wie das Leben später sein wird, sodann von verschiedenen Erinnerungen, und die Menschen im Raum begreifen plötzlich, dass sie von ihnen allen singt, dass sie – niemand weiß woher – über jeden von ihnen Bescheid weiß, und sie stehen auf, drängen sich aneinander und senken die Köpfe, bereit, die Absolution zu empfangen oder den Bann oder einfach das, was ihnen beschieden ist, was immer es sein mag, keiner wird sich beschweren, zumindest nicht, solange die Stimme erklingt, solange das Leben ein Lied ist, danach ist es egal, dann ist auch die Stille gut.

Die leere Stelle

Seit Tagen tut Aron nichts. Er sitzt und wartet. Wenn ihn jemand fragt: »Was tust du, Aron?«, schließt er kurz die Augen und sagt: »Nichts. Ich sitze und warte.« Nun gibt es einige, die meinen, Aron spüre, dass er sterben wird, und warte jetzt, dass ihn der Todesengel abholt, während andere überzeugt sind, dass Aron sie alle auf den Arm nimmt und dass man ihn wegjagen solle von dem Platz, wo er zum größten Schandfleck der Stadt geworden sei. Die Zeitungen haben schon über ihn geschrieben, das örtliche Fernsehen hat einen halbstündigen Bericht gesendet, man erzählt sich, dass bald auch die Zeitungsreporter aus der Hauptstadt eintreffen werden, jemand bemerkte, dass sich sogar ein Regierungsvertreter für Arons Schicksal interessiert hat. »Worauf wartet Aron eigentlich?«, fragte ein Abgeordneter in der Sitzung des Parlaments und schlug die Gründung einer Kommission vor, die sich mit dem Fall Aron befassen und konkrete Vorschläge für die Zukunft erarbeiten solle. Inzwischen ist ein Verein der Aron-Anhänger gegründet worden, der verlangt, Aron beziehungsweise der Platz, auf dem er sitzt, solle unter den Schutz des Staates gestellt werden, aber es kam zu keinerlei Diskussion darüber, weil Aron vorgestern am frühen Morgen aufgestanden, gegangen und bisher noch nicht wieder zurückgekommen ist.

Was ist das Leben?

Das Leben ist ein Märchen, sagen die einen. Die anderen sind damit nicht einverstanden. Sie behaupten, das Leben sei eine geschickt erzählte Kurzgeschichte. Nicht doch, protestieren die Dritten, das Leben ist ein Lied. Die Vierten lachen und winken ab. Unsinn, sagen sie, das Leben ist ein Sonettenkranz. Da erheben sich die Fünften und beteuern, das Leben sei nichts als eine Seifenoper. Daraufhin wenden die Sechsten verärgert ein, das Leben sei nur ein Aphorismus, mehr nicht. Welcher Aphorismus, fragen unisono alle Übrigen und verlangen, ihn zu hören. Aber sie bekommen keine Antwort.

Die Sandkörner

Ein Freund meines Freundes sammelte Sandkörner. Seine Sammlung umfasste ungefähr sechshundert Körner, verteilt auf extra dafür angefertigte Dosen. Viele von diesen Dosen sahen aus, als seien sie leer, als gebe es in ihnen nichts; schaute man jedoch durch eine Lupe hinein, sah man eine großartige Sandwelt, in der sich jedes Korn vom anderen unterschied. Der Freund meines Freundes konnte stundenlang von seiner Sammlung erzählen, insbesondere von den wunderbar weißen Sandkörnern, die er von seinen Südseereisen mitgebracht hatte, und von den salzigen Körnern vom Toten Meer. Am liebsten aber sei ihm, betonte er jedes Mal, eine Dose mit farbigen Sandkörnern – von perlmuttartigen und hellblauen bis roten und schwarzen –, aber von denen wollte er nie sagen, woher sie kamen.

Die Macht der Angst

Der schmale Lichtstreifen unter der Tür erlischt, bevor klar ist, wer sich im Nebenraum aufhält. Danach traut sich niemand, ihn zu betreten.

Das Boot auf dem See

Als wir einmal, vor langer Zeit, am Seeufer spazierten, hörten wir Rufe über das Wasser hallen, aber es war dunkel, und wir konnten nicht erkennen, woher die Stimme kam. Am nächsten Morgen, als sich der Nebel lichtete, erblickten wir ein leeres Boot. Es schaukelte verlassen fast in der Mitte des Sees. Noch heute wissen wir nicht, wer in jener Nacht in dem Boot war.

Das Erzählen und die Erzählung

In einem Augenblick gleichen sich alle Erzählungen, sagt der Erzähler, führen alle zum selben Ziel. Die Kunst besteht darin, sagt der Erzähler, den, der eine Erzählung hört oder liest, glauben zu lassen, dass die Erzählung, die er gerade hört oder liest, doch anders ist als die anderen. Das Erzählen ist also ein Hinters-Licht-Führen, sagt der Erzähler, die Erzählung ist also eine Lüge.

Die Verspätung

Der Zug, der um sieben Uhr abends hätte eintreffen sollen, hatte zwei Stunden Verspätung, weshalb Mirko zwei Stunden in der Bahnhofsgaststätte verbringen musste, die er so stockbetrunken verließ, dass seine Schwester Slavica, wegen der langen Bahnfahrt schon hysterisch geworden, sich weigerte, in sein Auto einzusteigen, und damit seine Frau Vida zum Weinen brachte, denn diese jonglierte schon über drei Stunden mit den Kochtöpfen auf dem Herd in der Absicht, ein warmes Abendessen aufzutischen, und der Blick auf ihr tränenüberströmtes Gesicht bewirkte, dass die jüngere Tochter Julija in ein Geflenne ausbrach, in das bald auch die ältere Tochter Maja einstimmte, sodass es ihn, sagte der Richter, überhaupt nicht wunderte, dass Mirko, von solch einem heulenden Chor umgeben, seinen Revolver holte und, als Slavica zu Fuß vom Bahnhof kam, drei Kugeln auf sie abfeuerte: zwei in den Kopf und eine ins Herz.

Im dichten Gras

Das Gras wird immer dichter und reicht uns bald bis zur Hüfte. Ich darf gar nicht daran denken, was darin alles kreucht und fleucht, sagt Mira, aber ich habe versprochen durchzuhalten, also bleibe ich bis zum Ende dabei. Wer weiß aber, wie das Ende sein wird? Der Boden unter unseren Füßen senkt sich, und sicher geraten wir bald in mannshohes Gras. Es sieht aus, als würde das Gras höher und wir kleiner, sagt jemand, und augenblicklich fängt Mira an zu schluchzen: I-ich ww-ill nni-cht kle-in se-in, i-ich ww-ill nni-cht kle-in se-in …

Die Rechnungen

Oberstleutnant Rakočević war seit etwa 30 Jahren tot, die Rechnungen kamen aber weiterhin auf seinen Namen. Seine Witwe sagte, sie habe unzählige Male verschiedene kommunale Behörden angeschrieben, sie sei auch selbst vorstellig geworden, habe eine Kopie der Sterbeurkunde hingeschickt, den Wechsel des Mieters gemeldet, doch nichts half: Immer noch flatterten die auf den Namen des Oberstleutnants lautenden Zahlungsaufforderungen ins Haus. In ihrem Abschiedsbrief schrieb die Witwe, sie könne die absurde Situation, dass eine tote Person lebendiger sei als eine lebende, nicht mehr ertragen. Dann schied auch sie aus dem Leben.

Der Strand

An diesem Strand wird selten gesonnt oder gebadet. Wer ihn aufsucht, ist nur an einem interessiert: bunte Muscheln, für die der Strand bekannt ist, zu finden oder es wenigstens zu versuchen. Der Strand wurde schon so oft umgegraben, dass dort wohl kaum noch eine Muschel zu entdecken ist, und doch wird die dort herrschende Stille gelegentlich von den Freudenschreien neuer Entdecker unterbrochen. Die Übrigen heben dann nicht den Kopf, um den Glücklichen zu sehen, sie geben sich vielmehr völlig dem wütenden Graben hin, als wollten sie die Weltkugel durchbohren.

Drei Frauen

Jovan, hieß es, könne keiner Ameise etwas zuleide tun, deshalb wollte zunächst niemand glauben, dass er drei Frauen getötet und ihre Leichen in seinem Schuppen unter Kohle und Holz versteckt hatte. Als man aber deren sterbliche Überreste fand, behaupteten auf einmal alle, mit so etwas hätte man bei ihm gerechnet, sie hätten nur auf ein Zeichen gewartet, sein Lächeln sei nur eine Maske gewesen, hinter die sie schon längst geschaut hätten. Jovan wusste natürlich, dass sie logen, aber das interessierte niemanden mehr, nicht einmal ihn.

Das Obst

Manche schälen Äpfel sehr sorgfältig, manche essen Trauben Beere für Beere, manche reden davon, dass sich in jeder Kirsche ein Wurm befindet, manche beißen in eine Birne hinein, manche werfen unachtsam Bananenschalen weg, manche werden von einem Pfirsich ganz klebrig, manche erklären, sie würden gern Mango probieren, manche machen sich mit einem Hammer über eine Walnuss her, manch einer schüttelt sich und sagt: »Diese Sauerkirsche ist richtig sauer«, ein anderer stopft fünf oder sechs Brombeeren auf einmal in sich hinein, und wenn er zubeißt, läuft ihm fast schwarzer Saft aus dem Mund.

Menschen und Götter

Niemand kennt Herrn Bora so gut wie ich – sagte sie –, und dennoch glaube ich manchmal, dass ich fast nichts über ihn weiß. Ich sah ihn, als er geboren wurde, und hoffe nun, ihn nicht auch noch sterben zu sehen. Es wäre nämlich normal, wenn ich vor ihm das Zeitliche segnete, aber derjenige, der sich um die Ordnung kümmern sollte, derjenige, der sich die Ordnung eigentlich ausgedacht hat, hält sich am allerwenigsten daran. Meine Mutter pflegte immer zu sagen, dass es zwischen den Menschen und den Göttern keinen Unterschied gibt, und nun, nach so vielen Jahren, glaube ich daran.

Das Eintreten des Schweigens

Zunächst verteidigte er sich mit Worten. Dann gründete er seine Verteidigung auf das Schweigen: Er weigerte sich hartnäckig, etwas zu sagen. Schließlich versuchte er es schriftlich und verfasste ein ganzes Buch, aber niemand glaubte, dass er es allein geschrieben hatte. Wieder musste er sich mit Worten verteidigen, aber diesmal wartete er ungeduldig auf das Eintreten des Schweigens, denn er freute sich auf den Augenblick, in dem er wieder anfangen würde, ein Buch zu schreiben.

Die Müdigkeit

Manchmal bin ich so müde, dass ich im Stehen, mit offenen Augen, einschlafe. Sobald ich sie schließe, werde ich wach.

Das Jucken

Am Zebrastreifen angekommen, verspürt die junge Frau ein Jucken, aber sie hat Hemmungen, das T-Shirt zu heben und sich am Bauch zu kratzen. Sie beschließt, nichts zu tun, sich in Geduld zu üben. Inzwischen wandert der Juckreiz zum linken Unterarm, dann zur Innenseite des linken Oberschenkels und kommt zum linken Unterarm zurück, wo er sich offenbar verflüchtigt. Die junge Frau ist überglücklich, traut sich jedoch noch nicht aufzuatmen. Als sie es schließlich doch tut, erblickt sie auf der anderen Straßenseite einen Mann, der unter das Hemd greift und sich im Glauben, keiner sehe es, am Bauch kratzt.

Hilferufe

Marijana schreit schon seit einer halben Stunde, aber ihre Hilferufe werden entweder nicht gehört oder nicht beachtet. Manchmal glaubt sie an das Erstere und versucht lauter zu rufen, so laut, dass ihr der Hals wehtut, dann aber scheint ihr, alles sei ohnehin vergebens, niemand achte auf ihre Hilferufe, es sei also egal, ob sie rufe oder nicht. Danach ist sie still, bis sie sich vorstellt, sie sei tot. Dann beginnt sie wieder lauthals zu schreien.

Der Dudelsack

Zunächst wurden wir von Wildpferden überrascht, die im Frühling in unsere Stadt stürmten. Dann schneite es mitten im Sommer. Im September wurden in allen Krankenhäusern der Stadt nur Jungen geboren. Im November wollte an einem Donnerstag die Sonne gar nicht mehr untergehen. Am nächsten Morgen blühten die Apfelbäume. Die verrückte Mara, die immer um Mitternacht auf dem Marktplatz schrie, verstummte plötzlich. Die Schwalben starben in jenem Jahr wie die Fliegen. Fliegen gab es in dem Jahr überhaupt nicht. Und an all diesen Tagen hörte man in der Ferne einen Dudelsack.

Die Flügel

Gavrilo träumte, ihm wüchsen Flügel. Als er aufwachte und ins Bad ging, konnte er allerdings keine entdecken. Etwas auf dem eigenen Rücken zu sehen, ist auch nicht einfach, vor allem, wenn man nicht weiß, wo und was man suchen soll. Gavrilo klingelte bei seinem Nachbarn, den er bitten wollte, seinen Rücken genau zu untersuchen, aber wer weiß warum – vielleicht weil Gavrilo ihn aus dem Schlaf gerissen, vielleicht weil er nicht richtig verstanden hatte, was Gavrilo von ihm wollte, oder vielleicht einfach, weil er die Brille nicht dabeihatte – versetzte dieser ihm einen heftigen Schlag, brach ihm das Nasenbein und kehrte, während Gavrilo Blut aus der Nase lief wie aus einem Wasserhahn, wieder ins Bett zurück.

Niemand ist vollkommen

Der Zeuge bestand kategorisch darauf, dass seine Aussage wörtlich protokolliert würde, wobei er betonte, dass die Mutter des Angeklagten ständig den Satz »Niemand ist vollkommen« wiederholte, vor allem wenn dem Angeklagten etwas aus der Hand fiel, was – fügte der Zeuge hinzu – mehrmals am Tag geschah, sodass er keineswegs überrascht war, als er die Küche betrat und dort den Angeklagten neben der Mutter knien sah, der, während sie ihn anflehte, ihr noch einen Hieb auf den Kopf zu versetzen und dadurch ihren Qualen ein Ende zu bereiten, ständig den Satz wiederholte »Niemand ist vollkommen, niemand ist vollkommen …«

Tag und Nacht

Dort, sagt Jakov B. und zeigt mit der Hand irgendwohin, dort dauert der Tag ewig, und die Nacht gleicht einer dunklen Messerklinge, die zwischen zwei blendende Schimmer gebohrt wurde.

Die Langeweile

Es gibt nichts Schlimmeres, sagt sie, als wenn du jemanden fragst, ob er dich liebt, und daraufhin auf seinem Gesicht eine derartige Langeweile erblickst, dass du am liebsten vergessen möchtest, dass es dich gibt, aber die Frage ist schon gestellt, die Worte hängen in der Luft wie frisch gewaschene Wäsche, und es bleibt dir nichts anderes übrig, als zu schweigen und auf die Antwort zu warten, die ohnehin keine Bedeutung hat.

Die Stimme

Am Abend, während die Schatten wachsen, wächst auch die Angst des Jungen, und sie wird immer stärker trotz der Stimme, die unter seinem Bett ständig wiederholt: Keine Angst, Junge, du bist nicht allein, du bist überhaupt nicht allein.

Die richtige Geschichte

Das ist sie, denkt der Erzähler, das ist die richtige Geschichte. Jahrelang hat er auf sie gewartet, hat sich hinter Hecken versteckt, hat vor vielen verschlossenen Türen den Atem angehalten, hat aus Fenstern gespäht, ist auf Bäume geklettert, hat über Zäune geguckt, aber es war nie die richtige Geschichte, nicht bis jetzt, nicht so wie diese, die gleichzeitig schmuck und demütig, hehr und seicht, einfach und verzwickt ist, wenngleich auch so klar, so genau und allumfassend, so voller Schmerz und Sehnsucht, Erinnerung und Vergessen, dass dem Erzähler scheint, man könne sie gar nicht aufschreiben, in dem Augenblick aber verschwindet die Geschichte, auch der Erzähler verschwindet, es bleiben nur die Leere und die Stille, so wie es schon immer war und wie es immer sein wird.

Der Mastkorb

Wenn etwas nicht geht, dann geht es eben nicht, man soll es nicht mit Gewalt erzwingen, aber Dunja will diese Lektion nicht beherzigen und gerät immer wieder in Situationen, in denen sie sich unnötig aufreibt, in denen ihr kostbare Augenblicke fehlen und alles vollkommen aussichtslos wirkt, so als hätte man schon längst aufgeben, seinen Koffer packen, an Deck steigen und dort oder im Ausguck auf dem Mast den richtigen Kurs bestimmen, die Stellung von Mond, Sonne und anderen Gestirnen überprüfen sollen, schade nur, dass das Schiff, auf dem sie sich befinden, im Sand festsitzt, eigentlich ein Wrack ist und kein Schiff und der Mastkorb auf der Erde liegt, aber Dunja stört das nicht, sie steigt ohne zu zögern hinein.

Nichts tun

Noch ein, zwei Schritte, dann kommt die Wand, ich muss die Augen gar nicht öffnen, ich muss die Arme nicht ausstrecken, es genügt, dass ich mich langsam umdrehe und bis sechs zähle, dann bin ich an der gegenüberliegenden Wand, wo ich mich wieder umdrehen und zurückgehen oder, falls ich es wünsche, eine Pause machen und über alles gründlich nachdenken kann. Manchmal ist es eben gut, nichts zu tun.

Fünf kleine Geschichten über meine Frau

1.

Meine Frau pflückt Blumen.
Ich sammle Briefmarken.
Meine Frau liest Liebesromane.
Ich spiele Fußball.
Meine Frau sieht fern.
Ich gehe einkaufen.
Meine Frau schläft lang.
Ich träume nie.

2.

Meine Frau geht zum Supermarkt.

»Ich hole Brot und Milch«, sagt sie. »Brauchst du etwas?«

»Bring Schinken mit«, sage ich. »Zum Frühstück mag ich Schinken.«

»Ich habe Lust auf Rühreier«, sagt meine Frau.

»Haben wir noch Kamillentee?«, frage ich.

»Ich glaube nicht.«

»Vergiss nicht, welchen mitzubringen.«

»Und die Zeitung«, fragt meine Frau, »soll ich die Zeitung kaufen?«

»Ein Frühstück ohne Zeitung«, sage ich, »ist kein Frühstück.«

3.

Meine Frau und ich sitzen auf einer Bank. In einem Park.
»Ich liebe den Herbst«, sagt meine Frau.
»Der Herbst ist immer schön«, sage ich.
»Schau, das Laub«, fährt meine Frau fort, »als wäre es aus Gold.«
»Manche Baumkronen«, sage ich, »leuchten wie Fackeln.«
»Ich könnte sie stundenlang betrachten«, fügt meine Frau hinzu.
Ich schweige eine Weile und sage dann: »Schade nur, dass die Vögel wegziehen.«
»Macht nichts«, lächelt meine Frau, »uns bleiben die Spatzen.«

4.

Meine Frau spült das Geschirr und singt.

Ich trockne die Gläser und die Teller ab. Dann stelle ich sie in das Regal.

Auf einem Baum im Hof sitzt ein Eichhörnchen.

Ich lege das Geschirrtuch weg, hole den Fotoapparat und fotografiere es drei Mal.

Meine Frau hört auf zu singen. »Mich fotografierst du nie drei Mal«, sagt sie.

»Du bist kein Eichhörnchen«, sage ich.

»Natürlich nicht«, sagt meine Frau. Dann schaut sie mich an. »Hättest du mich lieber, wenn ich einen Schweif hätte?«

»Ich habe dich auch ohne Schweif lieb«, sage ich, nehme den Fotoapparat und fotografiere sie vier Mal.

5.

Meine Frau sitzt in der Küche und zieht einen Faden durch ein Nadelöhr. Dann wählt sie einen Knopf für ihre Bluse aus. Die Bluse ist weiß. Auch der Faden ist weiß. Nur der Knopf ist rot. Meine Frau näht den roten Knopf an die weiße Bluse. Später legt sie die Bluse auf das Bügelbrett. Ich sehe, dass jeder Knopf eine andere Farbe hat. Wenn sie die Bluse anzieht, sieht meine Frau aus wie eine weiße Wolke hinter einem bunten Regenbogen.

Der Türklopfer

Von dort, wo ich sitze, kann ich sie sehr gut sehen. Sie steht an der Tür, als warte sie darauf, dass jemand klopft und sie dann gleich öffnet, sodass die Person, die geklopft hat, nicht einmal dazu kommt, die Hand sinken zu lassen und den Zeigefinger gerade zu machen, der soeben neben dem Türklopfer gegen die Tür geklopft hat. Ja, es gibt einen Türklopfer, aber sie weiß es nicht, weil diese Tür nie geöffnet wird. Sie kennt nur die Innenseite, was sie natürlich nicht daran hindert, sich die Vorderseite vorzustellen, sich einzubilden, dass die Tür rot oder schwarz oder gelb oder vielleicht braun ist. Vorausgesetzt, sie unterscheidet die Farben. Das tut sie bestimmt, denn ihre Blusen passen immer zu ihren Röcken, ihre Hosen zu den Pullovern, ihre Kleider zu den Jacken, nur die Schuhe harmonieren manchmal nicht mit der übrigen Kleidung. Auch der Hut sticht gelegentlich ab, wenn auch nicht oft. Wenn sie den Hut aufhat, ist sie meist sehr ernst und steht nicht an der Tür, sondern spaziert auf und ab, bleibt dann stehen und starrt auf die Türklinke, als ließe diese sich mit Willenskraft öffnen. Von dort, wo ich sitze, kann ich sie sehr gut sehen. Sich leicht wiegend, starrt sie auf die Türklinke. Sie tritt zurück, hält inne, fährt sich mit den Fingern durchs Haar, geht wieder näher ran. Dann neigt sie den Kopf zur Seite, als lausche sie, und ich denke sofort an den Türklopfer. Er ist aus Messing und hat die Form eines Löwenkopfes. Ich weiß nicht, seit wann er an der Tür hängt und warum er überhaupt dort ist, wenn ihn niemand benutzt. Vielleicht sollte ich ihr das sagen, denn wenn niemand den Türklopfer benutzt, warum wartet sie darauf, dass jemand mit dem Zeigefinger oder dem Mittelfinger oder sogar mit der Faust anklopft? Wenn man mit der Faust gegen die Tür schlägt, gibt es einen dumpfen und hohlen Klang wie bei einem Fass, in dem man Kohl säuert, und ich bin sicher, dass sie den nicht gern hören möchte. Erwartet sie etwas, dann den Klang des gekrümmten Zeigefingers, scharf und klar wie die Klinge eines Rasiermessers. Vielleicht hätte ich nicht das Rasiermesser erwähnen sollen, vielleicht hätte ich sagen sollen: scharf und klar wie die Mondsichel, obwohl ich nicht glaube, dass dies für sie einen Unterschied macht. Derjenige, auf den sie wartet, hat wahrscheinlich weder ein Rasiermesser noch eine Sichel. Einmal muss ich sie doch fragen, wer das ist, was für ein Mensch er ist, ob er gerne singt, ob er Kinder hat oder allein auf dieser Welt ist, vielleicht biete ich ihr sogar einen Tausch an, sie könnte sich hierhin setzen, an meinen Platz, und ich stelle mich an die Tür, dorthin, wo sie jetzt steht. Ich könnte an der Tür auf und ab spazieren, mir jemandes gebogenen Zeigefinger oder geballte Faust oder sogar den Klang des Türklopfers vorstellen. Von diesem Platz aus würde sie mich sehr gut sehen, vor allem wenn ich einen Hut aufsetze. Nein, nicht ihren, der absticht, ich habe natürlich einen eigenen.

Die Wäscheklammer

Plötzlich bemerkt jemand auf dem Tisch eine Wäscheklammer. Alle schauen hin. Wir sitzen am Tisch, und niemand weiß, wie sie dahingekommen ist. Vorhin, sagen wir, war sie nicht da. Wir betasten sie, drücken fest drauf, reichen sie weiter, von Hand zu Hand. Eine gewöhnliche Wäscheklammer aus Holz, ganz neu. Jovan setzt sie sich auf die Nase, und wir lachen alle. Das tut weh, sagt Jovan, und nimmt sie weg. Seine Nase ist rot, und wir lachen noch lauter. Dann bemerkt jemand noch eine Wäscheklammer, und alle verstummen.

Unser Lehrer

Neulich trafen wir unseren Lehrer wieder. Er stand auf der Brücke und schaute auf den Fluss. Er erkannte uns nicht. Wir fragten ihn, ob er sich daran erinnere, wie er uns zwang, auf den Kastanien zu knien, die er in unseren Schulranzen gefunden hatte. Er erinnerte sich nicht. Und ob er noch wisse, wie er uns damit bestrafte, dass er im Klassenzimmer das Licht ausmachte und sich wie ein Krokodil gebärdete, das uns auffressen wollte? Nein, sagte er, er habe nie ein Krokodil sein wollen. Und wie der kleine Emil bei einem Schulausflug in einen Brunnen fiel? Und wie er dort zwei Stunden lang winselte, während wir vergebens versuchten, ihn herauszuholen, bis wir schließlich nur noch die Stille hörten? Nein, sagte der Lehrer, er könne sich an keinen Emil erinnern. Ungeheuerlich, riefen einige aus und verlangten: Schmeißt ihn in den Fluss, soll er sehen, wie es ist, allein im tiefen Wasser zu sein! Das taten wir dann auch. Wir fassten ihn an Händen und Füßen und warfen ihn über das Geländer. Erst später, als wir ihn nicht mehr sahen, sagte jemand: Was, wenn das gar nicht unser Lehrer war? Auf einmal hatten es alle eilig, nach Hause zu kommen.

Inhaltsverzeichnis

Quellennachweis

Aus »Obične priče«, erschienen bei ICS, Belgrad, 1978:

3. Autobiographie – Autobiografija
2. Vlada Ristić, der Apotheker – Vlada Ristić, apotekar
4. Der Augenblick – Trenutak
5. Einsamkeit – Usamljenost

Aus »Neobične priče«, Stubovi kulture, Belgrad, 1999:

1. Der Leser – Čitalac
6. Der Ton – Zvuk
7. Das Ratespiel – Pogađanje
8. Der Berg – Brdo
9. Der Schaffner – Kondukter
10. Walser – Valzer
11. Der Angeklagte – Optuženi
12. Der Himmel – Nebo
13. Der Aufseher – Nadzornik
14. Achtsamkeit – Pažljivost
15. Die ungeschriebene Erzählung – Nenapisana priča
16. Die Folge – Posledica
17. Die Krankenschwester – Bolničarka
18. Der Telefonhörer – Slušalica
19. Die Nacht – Noć
20. Das Schicksal – Usud
21. Mein Vater im Schwimmbecken – Moj otac u bazenu
22. Die Freundschaft – Prijateljstvo
23. Der Abend – Veče
24. Der Satz – Rečenica
25. Der Unterschied – Razlika
26. Die Macht des Liedes – Moć pesme
27. Der Junge – Dečak
28. Das Dienstmädchen – Služavka
29. Ansichtskarten – Razglednice
30. Der Sprung – Skok
31. Verwirrung – Pometnja
32. Die Überwindung des Entsetzens – Savladavanje užasa
33. Der Stein – Kartaš
34. Die Nachbarin – Susetka
35. Die Schönheit – Lepota
36. Daraus kann man keine Erzählung machen – Ne može se od ovoga napraviti priča

Aus «Pelerina i nove priče», Narodna knjiga, Belgrad, 1997:

37. Wasser – Voda
38. Das Ende der Kindheit – Kraj detinjstva
39. Die Kuh ist ein einsames Tier – Krava je usamljena životinja
40. Die Schönheit des Satzes – Lepota rečenice
41. Die Eule – Sova
42. Nicht aufgeschrieben – Nezapisano

Aus »Drugi jezik«, Stubovi kulture, Belgrad, 2003:

43. Das Warten – Čekanje
44. Die Hocke – Čučanj
45. Die Feder – Pero

Aus »Fras u šupi«, Rad, Belgrad, 1984:

46. Ohne Atem – Bez daha
47. Die Antwort – Odgovor
48. Der Rand – Rub
49. Die Schnelligkeit – Brzina
50. Die Art der Schräge – Način nagiba
51. Das Rascheln – Šušanj
52. Der Schnee – Sneg
53. Irgendwo unter meinen Füßen – Negde ispod mojih nogu
54. Koan-Erzählung – Koan od priče
55. Hasenaugen – Zečje oči
56. Peter Handke – Peter Handke
57. Svetislav Basara interviewt Samuel Beckett für das Dritte Programm von Radio-Belgrad – Svetislav Basara intervjuiše Samjuela Beketa za Treći program radio-Beograda
58. Der Fluchtweg – Odstupnica
59. Die Halbschuhe – Plitke cipele

Folgende Erzählungen sind noch nicht erschienen. Der Autor plant ihre Veröffentlichung unter dem Titel »Male priče«

60. Das Bild – Slika
61. Der Rhythmus des Calypso – Ritam kalipsa
62. Die Maschine – Mašina
63. Das Recht des Stärkeren – Pravo jačeg
64. Die Geschichte über die Eltern – Priča o roditeljima
65. Die Taschentücher – Maramice
66. Das Wiedererkennen – Prepoznavanje
67. Der Cowboy – Kauboj
68. Auf der Straße – Na ulici
69. Tödliche Mathematik – Smrtonosna matematika
70. Hochwasser – Bujica
71. Was nun? – Šta sad?
72. Der Anbruch der Nacht – Dolazak noći
73. Die Parkbänke – Klupe
74. Die ernste Absicht – Ozbiljnost namere
75. Der Ruf – Dozivanje
76. Die Freude – Radost
77. Das kleine Licht – Mala svetlost
78. Die Wirkung des Erdbebens – Uticaj zemljotresa
79. Wem soll man glauben? – Kome verovati?
80. Ursula – Ursula
81. Drei, zwei, eins – Tri, dva, jedan
82. Im Garten – U bašti
83. Die Dauer des Spiels – Trajanje igre
84. Der Bäcker mag kein kaltes Wasser – Pekar ne voli hladnu vodu
85. Wo und wann konnte das alles geschehen – Gde je, i kada, sve to moglo da se desi
86. Das Verstummen – Muk
87. Die leere Stelle – Prazno mesto
88. Was ist das Leben? – Šta je život?
89. Die Sandkörner – Zrnca peska

90. Die Macht der Angst – Moćstraha
91. Das Boot auf dem See – Čamac na jezeru
92. Das Erzählen und die Erzählung – Pripovedanje i priča
93. Die Verspätung – Kašnjenje
94. Im dichten Gras – U gustoj travi
95. Die Rechnungen – Računi
96. Der Strand – Plača
97. Drei Frauen – Tri žene
98. Das Obst – Voće
99. Menschen und Götter – Ljudi i bogovi
100. Das Eintreten des Schweigens – Dolazak ćutanja
101. Die Müdigkeit – Umor
102. Das Jucken – Svrab
103. Hilferufe – Dozivanje u pomoć
104. Der Dudelsack – Zvuci gajdi
105. Die Flügel – Krila
106. Niemand ist vollkommen – Nema savršenstva
107. Tag und Nacht – Dan i noć
108. Die Langeweile – Dosada
109. Die Stimme – Glas
110. Die richtige Geschichte – Prava priča
111. Der Mastkorb – Osmatračka korpa
112. Nichts tun – Ne raditi ničta

Aus »Senke«, Stubovi kulture, Belgrad, 2006:

113–117. Fünf kleine Geschichten über meine Frau – Pet malih priča o mojoj ženi
118. Der Türklopfer – Zvekir

Aus »Svake noći u drugom gradu«, SKZ, Belgrad, 2008:

119. Die Wäscheklammer – Štipaljka
120. Unser Lehrer – Naš učitelj

Die Geschichten 5, 7, 14, 15, 16, 24, 62, 64, 74, 75, 76, 77, 113–117 und 120 sind (ebenfalls in der Übersetzung von Mirjana und Klaus Wittmann) in der NZZ erschienen.